Tucholsky　Wagner　Zola　Scott　Sydow　Freud　Schlegel
Turgenev　Wallace　Fonatne

Twain　Walther von der Vogelweide　Fouqué　Friedrich II. von Preußen
Weber　Freiligrath　Frey

Fechner　Weiße Rose　von Fallersleben　Kant　Ernst　Frommel
Fichte　Richthofen

Fehrs　Engels　Fielding　Hölderlin　Tacitus　Dumas
Faber　Flaubert　Eichendorff

Feuerbach　Maximilian I. von Habsburg　Fock　Eliasberg　Zweig　Ebner Eschenbach
Ewald　Eliot　Vergil

Goethe　London
Mendelssohn　Balzac　Shakespeare　Elisabeth von Österreich

Trackl　Lichtenberg　Rathenau　Dostojewski　Ganghofer
Stevenson　Hambruch　Doyle　Gjellerup
Mommsen　Tolstoi
Thoma　Lenz　Hanrieder　Droste-Hülshoff

Dach　von Arnim　Hägele　Hauff　Humboldt
Reuter　Verne　Rousseau　Hagen　Hauptmann　Gautier
Karrillon　Garschin

Damaschke　Defoe　Hebbel　Baudelaire
Descartes

Hegel　Kussmaul　Herder
Wolfram von Eschenbach　Dickens　Schopenhauer
Darwin　Rilke　George
Bronner　Melville　Grimm Jerome
Campe　Horváth　Aristoteles　Bebel　Proust

Bismarck　Vigny　Barlach　Voltaire　Federer　Herodot
Gengenbach　Heine

Storm　Casanova　Tersteegen　Gilm　Grillparzer　Georgy
Chamberlain　Lessing　Langbein
Brentano　Gryphius
Strachwitz　Claudius　Schiller　Lafontaine
Kralik　Iffland　Sokrates
Katharina II. von Rußland　Bellamy　Schilling
Gerstäcker　Raabe　Gibbon　Tschechow

Löns　Hesse　Hoffmann　Gogol　Wilde　Vulpius
Luther　Heym　Hofmannsthal　Klee　Hölty　Morgenstern　Gleim
Roth　Heyse　Klopstock　Kleist　Goedicke
Luxemburg　Puschkin　Homer　Mörike
La Roche　Horaz　Musil
Machiavelli　Kierkegaard　Kraft　Kraus
Navarra Aurel　Musset
Nestroy　Marie de France　Lamprecht　Kind　Kirchhoff　Hugo　Moltke

Nietzsche　Nansen　Laotse　Ipsen　Liebknecht
Marx　Lassalle　Gorki　Ringelnatz
von Ossietzky　Klett　Leibniz
May　vom Stein　Lawrence　Irving
Petalozzi
Platon　Knigge
Sachs　Pückler　Michelangelo　Kock　Kafka
Poe　Liebermann　Korolenko
de Sade　Praetorius　Mistral　Zetkin

Der Verlag tredition aus Hamburg veröffentlicht in der Reihe **TREDITION CLASSICS** Werke aus mehr als zwei Jahrtausenden. Diese waren zu einem Großteil vergriffen oder nur noch antiquarisch erhältlich.

Symbolfigur für **TREDITION CLASSICS** ist Johannes Gutenberg (1400 — 1468), der Erfinder des Buchdrucks mit Metalllettern und der Druckerpresse.

Mit der Buchreihe **TREDITION CLASSICS** verfolgt tredition das Ziel, tausende Klassiker der Weltliteratur verschiedener Sprachen wieder als gedruckte Bücher aufzulegen – und das weltweit!

Die Buchreihe dient zur Bewahrung der Literatur und Förderung der Kultur. Sie trägt so dazu bei, dass viele tausend Werke nicht in Vergessenheit geraten.

# Das tote Brügge

Georges Rodenbach

# Impressum

Autor: Georges Rodenbach
Übersetzung: Friedrich von Oppeln-Bronikowski
Umschlagkonzept: toepferschumann, Berlin

Verlag: tredition GmbH, Hamburg
ISBN: 978-3-8424-1107-4
Printed in Germany

Text der Originalausgabe

# Einleitung.

Georges Rodenbach (1855–1898), Maurice Maeterlincks frühverstorbener Jugendfreund, Mitschüler im Jesuitenkolleg von Sainte-Barbe und Studiengenosse auf der Universität Gent, war einer jener »avertis«, jener »Kinder des Todes«, von denen Maeterlincks tiefsinniger »Schatz der Armen« spricht. Während der kräftigere, sportliebende Maeterlinck sich aus dem tiefen Pessimismus seiner Jugendzeit Schritt für Schritt zu einer freudigen Daseinsbejahung durchrang, trieb der zarte, kränkliche Rodenbach fatalistisch einer immer düstereren Weltanschauung und schließlich dem Wahnsinn entgegen, dessen Nahen er mit unheimlicher Deutlichkeit in seinen letzten Novellen schildert. Auf eine solche Natur wirkten die ersten Jugendeindrücke in den alten, mystischen Städten Brabants, in Gent und vor allem in dem »toten Brügge« bestimmend. Brügge symbolisiert sich dem Dichter zur Persönlichkeit, ja es wird zur Hauptfigur seiner Kunst und seines Lebens. »Eine Mahnung zur Frömmigkeit ging von ihm aus, von den Mauern seiner Spitäler und Klöster, von seinen zahlreichen Kirchen, die in steinernen Chorhemden niederknien...« In Vers und Prosa besang er immer wieder den mystischen Zauber, den die alte, müde, geheimnisreiche Stadt auf sein gleichgestimmtes Gemüt ausübte. Auch sein Katholizismus ist, wie der Verlaines, ein »Katholizismus des *Gefühls*«, eine wollüstige Todesmystik, auf die er noch eine zweite, ihm allein eigene Mystik aufpfropfte: das Aufspüren geheimer Analogien und mystischer Beziehungen zwischen den Seelen und Dingen. Gleich seinem Helden Viane in seinem Hauptwerk »Das tote Brügge«, war auch er von dem »Dämon der Analogie« besessen – vielleicht ein Erbteil seines Vaters, eines angesehenen Ägyptologen, von dem der Dichter die Gabe haben mag, die rätselhafte Bilderschrift des Lebens zu entziffern und seltsame Symbole zu schaffen. »Es gibt«, heißt es in einer seiner nachgelassenen Novellen,[1] »ein ganzes geheimnisvolles, wenig beachtetes Gebiet von Empfindungen unterhalb der Bewußt-seinsschwelle, eine Region des Zwielichtes, in der unser Wesen wurzelt. In ihr knüpfen sich jene seltsamen Analogien zwischen unseren Gedanken und Taten und gewissen Sinneseindrücken. Eine Frau mit grauen Augen, die uns begegnet, gemahnt den Nordländer wehmütig an seine Heimat. Wird eine Straße asphaltiert, so trägt uns der Geruch des Teers, der in den Kesseln brodelt, in Gedanken sofort ans Meer und zu den geteerten Schiffsmasten in den Häfen.«

Diese überfeinerte fin-de-siècle-Psychologie spannt der Dichter nun in bewußter Kontrastwirkung in den altehrwürdigen Kirchen-rahmen von Brügge, so vor allem in dem vorliegenden Roman, wo ein moderner parteiischer Ehebruchsroman in das altertümliche Kleinstadtmilieu kunstvoll hineinkomponiert ist. Mit der Notwen-digkeit des Schicksals führen diese beiden widerspruchsvollen Ten-denzen zum Konflikt und schließlich zu einer grellen Tragödie, aus der die Mächte der Vergangenheit als düstere Sieger hervorgehen.

Umgekehrt unterliegt in »*Le Carillonneur*« (Der Glöckner) das alte Flandern mit seinen ehrwürdigen Kunstdenkmälern, feinen alten Traditionen, der lieblos herandrängenden neuen Zeit mit ihrem Industrialismus und ihrer Gottlosigkeit; und der Glöckner selbst, dessen ganzes Herz an dem alten Flandern hängt, endet als Über-wundener des Lebens im Selbstmord.

Die fiebernde Psychologie und die mystische Schwermut dieser Romane mögen nicht jedermanns Sache sein; aber braucht man die Weltanschauung eines Dichters zu teilen, um die Schönheiten und Zartheiten seiner Kunst zu genießen? Auch den Andersdenkenden wird diese subtile Kunst mit ihren feinen Abstufungen, ihren Halb-tönen und seelischen Tiefen, ihrem intimen Stimmungszauber fes-seln. »Er liebte die flüchtigen Dinge, die unbestimmten Farben,« sagt sein Geistesverwandter Huysmans von ihm; »er schwärmte für das Geheimnis des Wassers, das Geläute der Glocken, die Stimmen

---

[1] »Im Zwielicht«, deutsch vom Übersetzer des vorliegenden Werkes, Dresden 1905. Dort ist auch eine der größeren lyrischen Dichtungen Rodenbachs, »In der Kirche«, wiedergegeben. Andere seiner Gedichte befinden sich in der Anthologie »Das junge Frankreich«, Berlin 1908, herausgegeben vom Übersetzer des vorlie-genden Werkes.

des berstenden Glases ...« Und er war, können wir hinzufügen, trotz seiner germanischen Abstammung und Seelentiefe Franzose und Oberflächenkünstler genug, um diese Feinheiten in einer allgemein zugänglichen, packenden Form zu gestalten. Die neubelgische Literatur besitzt in ihm einen ihrer markantesten Vertreter, dem die Synthese deutscher Innerlichkeit und gallischer Formenschönheit in seltener Vollendung gelang.

Friedrich von Oppeln-Bronikowski.

# Erstes Kapitel.

Der Abend sank herab. Es dunkelte bereits auf den Gängen der großen, stillen Wohnung, und die Scheiben umflorten sich.

Hugo Viane machte sich zum Ausgehen fertig, wie stets gegen Ende des Nachmittags. Beschäftigungslos und einsam, wie er war, verbrachte er den ganzen Tag in seinem Zimmer, einer großen Stube im ersten Stock, deren Fenster auf den Quai du Rosaire gingen. Das Haus lag mit der Front am Quai und spiegelte sich in seinem Wasser.

Er las wenig: Zeitschriften, alte Bücher; rauchte viel und träumte bei trübem Wetter zum offenen Fenster hinaus, ganz in seine Erinnerungen verloren. Fünf Jahre waren nun dahingegangen, seit er sich in Brügge niedergelassen hatte und so lebte. Es war am Tage nach dem Tode seiner Frau gewesen. Fünf Jahre schon! Und er wiederholte es sich stets von neuem: »Witwer – Witwer sein! Ich bin Witwer!« Ein unheilbares, abgerissenes Wort. Eine kurze Silbe mit tonlosem Nachhall. Eine gute Bezeichnung für ein Wesen, dem die Hälfte fehlt.

Die Trennung von ihr war ihm furchtbar gewesen. Er hatte die Liebe im Wohlstand, im Müßiggang, auf Reisen genossen, und jeder neue Schritt hatte das Idyll wieder erneuert. Er hatte nicht nur das stille Glück einer treuen Ehegemeinschaft, sondern auch die ungestillte Leidenschaft, die ununterbrochene Glut gekannt. Ihre Küsse hatten sich kaum beruhigt, und ihre Seelen waren sich so nahe wie die gleichlaufenden Uferborde eines Kanals, der ihr Abbild vereint widerspiegelt.

Zehn Jahre dieses Glückes – kaum empfunden: so schnell waren sie dahingegangen!

Dann, an der Schwelle der Dreißig, war die junge Frau gestorben. Nur ein paar Wochen hatte sie das Bett gehütet, und nun lag sie schon hingestreckt auf dem letzten Lager, so wie er sie noch immer vor sich sah, bleich und gelb, wie das Wachs der Totenkerzen – sie, die er in ihrer Schönheit und ihrer rosigen Farbe angebetet hatte. Ihre großen schwarzen Pupillen hoben sich scharf von dem Weiß ihrer Augäpfel ab, und den Gegensatz zu ihrem nächtlichen Dunkel vollendete ihr bernsteinfarbenes Haar, das aufgelöst ihren ganzen Rücken bedeckte und in langen Wogen herabfloß. Es war wie das Haar auf den Madonnenbildern alter Meister, das in ruhigen Wellen herniederfällt.

Über die Leiche hingeworfen, hatte Hugo dieses Haar abgeschnitten, das in den letzten Tagen ihrer Krankheit zu einem schweren Zopfe geflochten war. Ist es nicht wie ein Erbarmen des Todes? Er zerstört alles, aber das Haar läßt er unangetastet. Augen, Lippen – alles bricht und fällt ein; aber die Haare verlieren nicht einmal die Farbe. In ihnen allein überlebt man. Fünf Jahre waren nun schon dahingegangen, und die Haarflechte der Toten war noch ungebleicht, trotz des Salzes so vieler Tränen.

Besonders jetzt lebte der Witwer all seine Vergangenheit mit erneutem Schmerze wieder durch, jetzt in diesen grauen Novembertagen, wo die Glocken, möchte man sagen, einen Staub von Klängen in die Luft säen – die kalte Asche der Jahre ...

Trotzdem entschloß er sich, auszugehen. Nicht um draußen eine obligate Zerstreuung oder eine Linderung für seinen Schmerz zu suchen: daran dachte er nicht einmal. Aber er ging gern in den sinkenden Abend hinein und suchte ein Gegenstück zu seiner Schwermut in den einsamen Kanälen und den frommen Stadtvierteln.

Als er die Treppe hinabstieg und ins Erdgeschoß seiner Wohnung kam, sah er, daß alle Türen nach dem großen weißen Korridor weit offen standen. Sonst waren sie immer geschlossen.

Er rief in das Schweigen hinein nach seiner alten Dienerin: »Barbe!... Barbe!«

Die Gerufene erschien sofort in der ersten Tür. Sie wußte, warum ihr Herr sie gerufen.

»Gnädiger Herr,« sagte sie, »ich habe die Zimmer heute in Ordnung bringen müssen. Morgen ist Festtag.«

»Festtag?« wiederholte Hugo ärgerlich.

»Ja, weiß der gnädige Herr nicht? Morgen ist Maria Darstellung. Ich muß zur Messe und zum Segen ins Beghinenkloster. Es ist ein

Tag wie ein Sonntag. Und da ich morgen nicht arbeiten kann, habe ich heute reingemacht.«

Hugo Viane verhehlte sein Mißfallen nicht. Sie wußte wohl, daß er bei dieser Arbeit stets selbst zugegen sein wollte. Diese zwei Zimmer bargen zu viele Schätze und Erinnerungen an sie und die Vergangenheit, als daß er die Dienerin allein darin hätte wirtschaften lassen. Er wünschte sie unter den Augen zu haben, ihre Bewegungen zu verfolgen, ihre Vorsicht zu beobachten, ihren Respekt zu prüfen.

Und wenn das Abstäuben es erheischte, wollte er selbst zugreifen und die kostbaren Nippsachen, diesen Gegenstand der Toten, dies Kissen, jenen Ofenschirm, den sie gemacht hatte, selbst fortnehmen. Ihm schien, daß ihre Finger überall auf diesen unberührten Möbeln ruhten. Auf diesen Sofas, Diwans und Fauteuils hatte sie gesessen, und sie hatten die Form ihres Körpers sozusagen bewahrt. Die Vorhänge fielen noch in denselben Falten, in die sie sie gerafft. Und die Spiegel mußten höchst vorsichtig mit Tüchern und Schwämmen abgeputzt werden, um ihr Gesicht nicht zu verwischen, das darin schlief. Und etwas, das er noch mehr hüten und vor jedem Stoß bewahren wollte, das waren die Bilder der armen Toten, Bilder aus ihren verschiedenen Jahren, die überall herumstanden und hingen, auf dem Kaminsims, an den Wänden und auf dem Lampenständer, und dann vor allem der besonders gehütete Schatz ihres Haares, den er nicht in eine Kommodenschublade hatte einschließen mögen oder in das Dunkel einer Kiste – das hieße ja, dies Haar in ein Grab legen. Sondern lebendig, wie es noch immer war, und von einem den Jahren trotzenden Goldglanz, lag es offen und ausgebreitet da als der unsterbliche Teil seiner Liebe.

Um es unaufhörlich vor Augen zu haben, hatte er es in dem unverrückten großen Wohnzimmer auf das seither verstummte Klavier gelegt, dieses Haar, das noch immer ein Stück von ihr war, ein zerrissenes Geflecht, eine zerbrochene Kette, ein Tau, das aus dem Schiffbruch gerettet worden. Und um es vor Staub und feuchter Luft zu schützen, die es ausbleichen oder seinen Glanz trüben konnten, war er auf den naiven, wo nicht rührenden Einfall gekommen, es unter Glas zu tun und in einen durchsichtigen Schrein zu betten, eine Kristallglocke, unter der die Flechte nun sichtbar ruhte, und in der sie jeden Tag den Tribut seiner Verehrung empfing.

Diese Haarflechte schien ihm mit seinem Dasein wie mit den Gegenständen, die ringsumher ihr stilles Leben führten, unlöslich verknüpft; sie war ihm die Seele des Hauses.

Barbe, die alte, etwas mürrische, aber treue und fürsorgliche flämische Dienstmagd, wußte wohl, mit welcher zarten Scheu sie diese Gegenstände behandeln sollte, und ging darum nur zitternd an sie. Sie war wenig mitteilsam und sah in ihrem schwarzen Rock und der weißen Tüllhaube ganz wie eine Schwester Pförtnerin aus. Übrigens ging sie auch oft zu den Beghinen, um ihre einzige Verwandte zu besuchen, Schwester Rosalie, die Nonne im Beghinenkloster war.

Von diesen Besuchen und ihren frommen Gewohnheiten hatte sie das ruhige Wesen und die schlürfenden Schritte behalten, die das Gehen auf Kirchenfliesen gewohnt sind. Und ebendeshalb, weil sie seinen Schmerz nicht durch Lärm und Gelächter verletzte, hatte Hugo Viane sich so an sie gewöhnt, seit er in Brügge lebte. Er hatte keine andere Magd gehabt, und diese war ihm zum Bedürfnis geworden – trotz ihrer unschuldigen Tyrannei, ihrer Betschwesterpassionen und ihres Eigensinns, wie heute erst, wo sie wegen eines harmlosen Festes, das morgen stattfinden sollte, die Zimmer ohne sein Wissen und gegen seinen gemessenen Befehl um und um gekehrt hatte.

Hugo ging nicht eher aus, als bis sie die Möbel wieder an ihren Fleck gestellt hatte. Er versicherte sich, daß alles, was ihm teuer war, unbeschädigt auf seinem alten Platze stand, und erst als die Türen und Läden wieder geschlossen waren, beruhigte er sich und unternahm seinen gewöhnlichen Abendspaziergang, obwohl ununterbrochen ein feiner Sprühregen fiel – der Staubregen des Spätherbstes, dessen senkrecht herabfallende Tropfen die Welt in einen Tränenflor hüllen, Wasser weben, die Luft mit ihren Heftfäden durchziehen, die glatte Flut der Kanäle mit Nadeln spicken und die Seele umschnüren, durchdringen und erstarren machen, wie einen Vogel in einem triefenden Netz aus unzähligen Maschen.

# Zweites Kapitel.

Hugo schlug jeden Abend denselben Weg ein. Er folgte der Quailinie mit nachlässigem Schritt und in etwas gebückter Haltung, wiewohl er doch erst vierzig Jahre zählte. Aber der Witwerstand war für ihn wie ein vorzeitiger Herbst gewesen. Die Schläfen waren kahl, die Haare wie mit grauer Asche bedeckt. Sein mattes Auge blickte weit, weit über das Leben hinaus.

Wie traurig war die Stadt an diesen Abenden. Er liebte sie so. Gerade wegen seiner Schwermut hatte er Brügge zum Wohnort gewählt, war er nach dem großen Schicksalsschlag hierher gezogen. Einst, in den Tagen des Glücks, als er noch mit seiner Frau reiste und ganz nach seiner Laune eine Art Kosmopolitendasein führte, bald in Paris, bald im Ausland oder an der See, war er mit ihr auch durch Brügge gekommen, ohne daß die große Schwermut der Stadt auf ihren Frohsinn Eindruck gemacht hätte. Aber später, sobald er allein stand, hatte er sich Brügges entsonnen und sofort den Gedanken gefaßt, daß er fortan hier leben müsse. Eine geheimnisvolle Gleichung bildete sich in seinem Geiste. Der toten Gattin mußte eine tote Stadt entsprechen. Sein großer Schmerz verlangte nach einer solchen Umgebung; das Leben konnte ihm fortan nur hier erträglich sein. Er war instinktiv hierher gekommen. Mochte die Welt sich woanders rühren und tummeln, ihre Kerzen anzünden und ihren tausendfachen Lärm erschallen lassen. Er bedurfte einer vollkommenen Stille und eines so eintönigen Daseins, daß er fast nicht mehr den Eindruck des Lebens hatte.

Warum muß um körperliches Leiden Schweigen herrschen? Warum dämpft man den Schall der Schritte in einem Krankenzimmer? Warum scheint Lärm und Stimmengewirr am Verbande zu zupfen und die Wunde wieder aufzureißen?

Auch den seelisch Leidenden tut Lärm weh.

In der stillen Umgebung toter Wasser und unbelebter Straßen hatte Hugo den Schmerz seiner Brust minder heftig empfunden, waren seine Gedanken an die Tote sanfter geworden. Er hatte ihr Bild besser vor Augen, den Schall ihrer Stimme deutlicher im Ohr.

In der sanften Strömung der Kanäle konnte er ihr Ophelienantlitz treiben sehen, ihre Stimme im fernen Glockenklang vernehmen.

So verkörperte die Stadt, die einst auch schön und geliebt gewesen war, den Gegenstand seiner Sehnsucht, Brügge war seine Tote. Und die Tote war Brügge. Ein gleiches Schicksal vereinigte beide. Das tote Brügge war selbst bestattet im Grabe seiner steinernen Grachten, und erstarrt waren die Adern seiner Kanäle, verebbt der große Pulsschlag des Meeres.

Wie er so dahinwanderte, quälte ihn die schwarze Erinnerung mehr denn je; sie tauchte heute abend unter all den Brücken hervor, wo die Gesichter unsichtbarer Quellen weinen. Ein Hauch des Todes wehte ihn von den geschlossenen Häusern an, deren Scheiben wie im Tode gebrochene Augen starrten, von den Giebeln, deren getreppte Absätze das Wasser fast schwarz widerspiegelte. Er ging den Quai Vert und den Quai du Miroir hinauf und verlor sich dann bis zum Pont du Moulin, nach dem schwermütigen, von Pappelreihen begrenzten Vorlande. Und überall ihm zu Häupten die kalten Tropfen und die dünnen, salzigen Glockenklänge der Stadtgemeinde, wie von einem Sprengwedel zur Absolution verspritzt.

Diese abendliche und herbstliche Einsamkeit, wo der Wind die letzten Blätter davonfegte, ließ ihn mehr denn je den Wunsch empfinden, seinem Leben ein Ende zu machen. Mehr denn je empfand er die Sehnsucht nach dem Grabe. Ihm war, als fiele der Schatten der Türme bis auf seine Seele, als erginge ein Rat von den alten Mauern an ihn, als tauchte eine Flüsterstimme aus dem Wasser auf, dem Wasser, das ihm entgegengeflossen kam, wie es Ophelia entgegengeflossen war, so wie es die Totengräber bei Shakespeare erzählen.

Mehr als einmal hatte er sich so hinterlistig umzingelt gefühlt. Er hatte die langsame Überredung der Steine vernommen; er hatte wirklich den Befehl der Dinge erlauscht, den Tod ringsum nicht zu überleben.

Und er hatte lange und ernstlich an Selbstmord gedacht.

O, diese Frau, wie hatte er sie angebetet! Ihre Augen ruhten noch auf ihm! Und ihre Stimme verfolgte ihn immerfort aus weiter Ferne, als wäre sie bis an den Horizont entflohen! Was war doch an dieser

Frau, daß sie ihn sich so ganz zu eigen gemacht, ihm die ganze Welt verleidet hatte, seit sie verschwunden war? Es gibt also Liebesgemeinschaften, die wie jene Früchte des Toten Meeres einen unvergänglichen Geschmack von Asche im Munde zurücklassen!

Wenn er diesen fixen Selbstmordgedanken noch widerstanden hatte, so war es auch um ihretwillen geschehen. Die religiöse Grundstimmung seiner Kinderzeit war mit der Hefe seines Schmerzes wieder in ihm aufgestiegen. Er hegte die mystische Hoffnung, daß das Leben mit dem Tode nicht zu Ende ist, und daß er sie dereinst wiedersehen würde. Und der Glaube verbot ihm den selbstgewählten Tod, der ihn von der Seligkeit ausschloß und ihm die unbestimmte Hoffnung auf ein Wiedersehen ganz benahm.

Er blieb also am Leben, betete sogar und fand einen Trost in der Vorstellung, daß sie in den Gärten des Paradieses seiner harrte. Er träumte von ihr in den Kirchen, wenn die Orgel erklang.

An diesem Abend trat er im Vorübergehen in die Kirche Notre Dame ein, die er ihres Kirchhofsgepräges wegen oft und gern besuchte. Überall an den Wänden, auf dem Boden, lauter Leichensteine mit Totenköpfen, ausgebrochenen Namen und Inschriften, deren steinerne Lippen benagt waren ... Der Tod selbst, war hier durch den Tod verwischt ...

Aber ganz zur Seite verklärte sich das Nichts des Lebens durch den tröstlichen Anblick der im Tode vereinigten Liebe, und darum pilgerte Hugo auch oft genug nach dieser Kirche, wo sich im Grunde einer Seitenkapelle die berühmten Gräber Karls des Kühnen und Marias von Burgund befanden. Wie rührend waren sie! Namentlich das der holdseligen Herzogin. Mit gefalteten Händen, der Kopf auf einem Kissen ruhend, der Rock von Kupfer und die Füße auf einen Hund gelegt, das Symbol der Treue, so lag sie starr auf der schwarzen Sarkophagplatte. So ruhte *seine* Tote immerfort auf seiner verdüsterten Seele. Und die Zeit würde auch kommen, wo *er* sich zur letzten Ruhe hinstrecken würde, wie der Herzog Karl, und neben ihr schlafen. Seite an Seite neben ihr ruhen: das dünkte ihm eine gute Zuflucht des Todes, wenn seine christliche Hoffnung sich nicht erfüllen sollte und sie im Jenseits nicht vereinigt würden.

Hugo verließ die Kirche trübsinniger denn je. Er schlug die Richtung nach seiner Wohnung ein, denn um diese Zeit pflegte er gewöhnlich zum Abendessen heimzukehren. Er suchte sich das Bild der Toten deutlich zu vergegenwärtigen, um der Gestalt des soeben besuchten Grabes ihre Züge zu leihen und sich das Ganze mit einem anderen Gesicht zu denken. Aber das Gesicht der Toten, das wir eine Weile im Gedächtnis behalten, verändert sich nach und nach in unserem Geiste und verblaßt wie ein Pastellbild, dessen farbiger Staub sich verflüchtigt. Und unsere Toten sterben in uns zum zweiten Male.

Während er so in starrer Geistesanspannung einherschritt und sich mit nach innen gekehrtem Blick ihre halb verblichenen Züge wachzurufen suchte, empfand er plötzlich eine seltsame Wallung – er, der auf die vereinzelten Passanten so wenig achtgab – als er eine junge Frau auf sich zukommen sah. Er hatte sie anfangs gar nicht bemerkt, da sie vom anderen Ende der Straße kam; erst als sie ganz nahe war, fiel sie ihm auf.

Er blieb starr stehen, als er sie erblickte, wie angeheftet. Sie war inzwischen an ihm vorübergegangen. Es war wie ein Donnerschlag, eine überirdische Erscheinung. Hugo war einen Augenblick dem Umfallen nahe. Er hielt sich die Hand vor die Augen, wie um einen Spuk zu verscheuchen. Dann drehte er sich zögernd um nach der Unbekannten, die sich langsamen, gemessenen Schrittes entfernte, und – folgte ihr. Er verließ den Quai, den er entlang gegangen war, beschleunigte seine Schritte, um sie einzuholen, und ging quer über die Straße auf den anderen Bürgersteig. Als er sie erreicht hatte, begann er sie mit einer Beharrlichkeit anzustarren, die anstößig gewesen wäre, wenn er nicht ganz das Aussehen eines Nachtwandlers gehabt hätte. Die junge Frau ging achtlos ihres Weges; sie sah nicht, was sie sah. Hugos Gebaren wurde immer seltsamer und verstörter. Er folgte ihr nun schon seit mehreren Minuten von Straße zu Straße, bald näher kommend, wie um sich endgültig zu vergewissern, bald wieder mit einer Art Schauder sich zurückhaltend, wenn er ihr zu nahe kam. Er schien zugleich angezogen und abgestoßen, wie durch einen Brunnen, in dessen lichtem Spiegel man sein Abbild sucht ...

Ja, diesmal hatte er sie genau erkannt, mit greifbarster Deutlichkeit, diese Emailhaut, diese großen schwarzen Pupillen in den weißen Augäpfeln – alles dasselbe. Und wie er hinter ihr herging, sah er ihre Haare am Hinterkopf unter dem schwarzen Hut und dem Schleier hervorkommen. Es war ganz die gleiche Goldfarbe, die Farbe von Bernstein oder Seidenkokons, ein leuchtendes, buchstäbliches Gelb. Also derselbe Kontrast auch zwischen den nächtlichen Augen und dem flammenden Mittag des Haares!

Begann sein Verstand etwa zu wanken? Oder sah seine Netzhaut in dem krampfhaften Streben, sich das Bild der Toten zu vergegenwärtigen, sie wohl schon in den Vorübergehenden? Gerade als er sich ihr Gesicht wachzurufen suchte, war diese Frau plötzlich aufgetaucht und hatte es ihm entgegengehalten, so ähnlich wie das eines Zwillings. O Verwirrung solch einer Erscheinung! Fast erschreckendes Wunder einer bis zur Verwechslung gehenden Gleichheit!

Und alles, alles! Ihr Gang, ihre Figur, der Rhythmus ihrer Bewegungen, der Gesichtsausdruck, der träumerische, nach innen gekehrte Blick, kurz, nicht nur die Form und Farbe, sondern auch das geistige Wesen, die seelischen Regungen – alles war ihm zurückgegeben, war wiedergekehrt und am Leben!

Hugo folgte ihr noch immer wie im Traume, mechanisch, ohne zu wissen warum, und ohne weitere Überlegung, quer durch das nebelige Straßengewirr von Brügge. An einer Wegekreuzung, wo die Straßen nach verschiedenen Richtungen auseinanderliefen, sah er sie plötzlich nicht mehr, obwohl er dicht hinter ihr ging. Sie war fort, verschwunden in weiß Gott welcher von diesen in sich selbst zurückkehrenden Ringstraßen.

Er blieb stehen, starrte in die Ferne und durchsuchte die Leere mit tränenerfüllten Augen ...

O, wie glich sie doch der Toten!

# Drittes Kapitel.

Hugo behielt von dieser Begegnung eine große Verwirrung in seinem Geiste. Wenn er jetzt an seine Frau dachte, so war es die Unbekannte von neulich Abend, die er vor sich sah; sie war seine fleischgewordene, greifbare Erinnerung. Sie erschien ihm ganz wie die Tote, nur noch ähnlicher.

Wenn er jetzt in stummer Zärtlichkeit die Reliquie ihres aufbewahrten Haares küßte oder gerührt vor einem ihrer Bilder stand, so verglich er das Bild nicht mehr mit der Toten, sondern mit der Lebendigen, die ihr glich. O geheimnisvolle Gleichheit dieser beiden Gesichter! Es war wie ein Erbarmen des Geschicks, das seinem Gedächtnis Anhaltspunkte darbot und ein Bündnis gegen das Vergessen mit ihm machte, indem es ein altes, vergilbtes Blatt, das mit der Zeit verblichen und schadhaft geworden war, mit einem frischen Abzug vertauschte.

Hugo besaß von der Entschwundenen plötzlich eine ganz neue und deutliche Vorstellung. Er brauchte sich nur den alten Quai von neulich ins Gedächtnis zu rufen, wie er in den sinkenden Abend hineinging und eine Frau auf ihn zukam, die ganz die Züge der Toten trug. Er brauchte nicht mehr in die Ferne verwichener Zeiten und Jahre zurückzuschauen, es genügte ihm, an den letzten oder vorletzten Tag zu denken. Es war jetzt ganz einfach und das Bild ihm ganz nahe. Sein Auge hatte das teure Antlitz von neuem in sich aufgenommen, der frische Eindruck hatte sich mit dem alten verschmolzen, und beide hatten sich gegenseitig so bestärkt, daß er jetzt fast die Illusion ihrer wirklichen Gegenwart hatte.

Hugo war die nächsten Tage ganz verstört. Es gab also eine Frau, die der Verlorenen in allen Stücken glich! Als sie an ihm vorübergegangen war, hatte er einen Augenblick den grausamen Traum gehabt, seine Frau wäre wiedergekehrt und ginge ihm entgegen wie einst. Dieselben Augen, dieselbe Hautfarbe, die gleichen Haare, alles ähnlich und entsprechend. O seltsame Laune der Natur und des Geschickes!

Er hätte sie gern wiedergesehen. Vielleicht würde dies nie der Fall sein. Trotzdem deuchte es ihn, wenn er sie nur nahe wußte und die Möglichkeit hatte, ihr zu begegnen, daß er sich dann weniger verlassen und verwitwet fühlen würde. Ist man wirklich Witwer, wenn die Frau nur fort ist und für kurze Stunden wiederkehrt?

Es würde ihm sein, als ob er die Tote wieder träfe, wenn er dieser begegnete, die ihr glich. In dieser Hoffnung ging er allabendlich zur selben Stunde wieder nach dem Kanal, wo er sie gesehen hatte. Er promenierte auf der alten Gracht mit ihren geschwärzten Treppengiebeln und den Fenstern mit ihren Beghinenhauben von Musselinvorhängen, hinter denen müßige Frauen saßen, die für sein Auf- und Abgehen schnell ein neugieriges Auge hatten. Er verlor sich in die toten Straßen und gewundenen Gassen, in der Hoffnung, *sie* aus irgendeiner Ecke, wo die Wege sich teilten, plötzlich auftauchen zu sehen.

So verging eine Woche stets enttäuschter Erwartung. Er begann bereits weniger an diese Begegnung zu denken, als er sie am Montag – demselben Tage wie das erstemal – von neuem erblickte. Er erkannte sie sofort, als sie ihm entgegenkam, an demselben wiegenden Schritt. Sie erschien ihm noch mehr als bei ihrer ersten Begegnung von täuschender, vollkommener und wahrhaft erschreckender Ähnlichkeit.

Sein Herz blieb vor Erregung fast stehen wie das eines Sterbenden. Das Blut brauste ihm in den Ohren, und vor seinen Augen flirrte es wie weißes Musselin von Hochzeitsschleiern oder Züge von Firmelkindern. Dann sah er dicht vor seinen Augen das schwarze Schattenbild vorüberschweben.

Die junge Frau hatte seine Verwirrung ohne Zweifel bemerkt, denn sie blickte ihn erstaunt an. O, dieser aus dem Nichts emporgetauchte Blick, den er nie wieder zu sehen vermeint, den er in der Erde gebrochen wähnte, er fühlte ihn jetzt auf sich ruhen, so fest und sanft, so strahlend und zärtlich wie einst! Ein Blick, der von so weit her kam, aus dem Grabe erstanden wie der des Lazarus, als er wieder auf Jesus fiel!

Hugo fühlte sich in seinem ganzen Wesen angezogen; ohnmächtig folgte er der Spur dieser Erscheinung. Die Tote ging vor ihm, sie enteilte. Er mußte hinterher gehen, ihre wieder erweckten Blicke trinken, sein Leben neu entfachen am Brand dieser Haare, die wie aus Licht gemacht schienen. Er mußte ihr folgen, ohne Widerrede, einfach folgen, bis ans Ende der Stadt, bis ans Ende der Welt ...

Er hatte sich das nicht überlegt, sondern mechanisch war er ihren Schritten gefolgt, diesmal ganz dicht hinterdrein, in der atemlosen Furcht, sie zum zweitenmal zu verlieren – hier in diesem alten Stadtteil mit seinen gewundenen und im Zickzack laufenden Gassen.

Sicherlich war es ihm nicht einen Augenblick in den Sinn gekommen, daß er etwas Ungewöhnliches täte, indem er eine Frau verfolgte. War es doch *seine* Frau, die er auf diesem Spaziergang im Dämmerlicht verfolgte, und die er bis an ihr Grab zurückgeleiten wollte ...

Hugo ging immer noch wie magnetisiert, wie im Traum, neben oder hinter der Unbekannten, ohne auch nur zu bemerken, daß sie die einsamen Grachten inzwischen verlassen hatte und die Geschäftsgegend erreichte, das Zentrum der Stadt mit der Grand Place, wo die Tour des Halles wie ein schwarzes Ungetüm aufragte und mit dem goldenen Schild ihres Zifferblattes gegen die einbrechende Nacht ankämpfte.

Die junge Frau war schnell und geschickt – anscheinend um sich des Verfolgers zu entledigen – in die Rue Flamande eingebogen, deren alte Hausfronten wie geschnitzte und mit Zieraten geschmückte Schiffshecke aussahen. Sie war jetzt deutlicher zu sehen, und ihre Umrisse lösten sich schärfer vom Dunkel ab, besonders wenn sie an einem der erleuchteten Schaufenster vorbeiging oder den Lichtkreis einer Straßenlaterne durchschritt.

Dann sah er sie plötzlich über die Straße gehen und die Schritte nach dem Theater lenken, durch dessen weitgeöffnete Portale sie verschwand.

Hugo blieb nicht stehen. Er war ein willenloses Wesen, ein folgsamer Trabant geworden. Auch Seelenregungen folgen dem Gesetz der Erhaltung der Kraft. Dem einmal gegebenen Antrieb gehorsam, drang er in das Vestibül ein, dem die Menge zuströmte. Aber sein Traumbild war verschwunden. Nirgends erblickte er die junge Frau, weder unter dem Queue bildenden Publikum an der Kasse, noch an der Kontrolle und auf den Treppenfluren. Wo war sie?

Durch welchen Gang, welches Hinterpförtchen war sie verschwunden? Denn hineingehen hatte er sie gesehen, ein Irrtum war ausgeschlossen. Ohne Zweifel ging sie ins Theater. Sie mußte sogleich im Saale erscheinen oder saß vielleicht schon in einem Fauteuil oder im roten Dunkel einer Loge. Sie wiederfinden! Sie sehen! Sie deutlich einen Abend lang betrachten! Der Kopf schwindelte ihm bei diesem Gedanken; ihm wurde so wohl und weh ums Herz. Aber dem Bann zu widerstehen, das vermochte er nicht. Ohne einen Gedanken im Kopfe, weder an das unanständige Benehmen, das er seit einer Stunde offenbarte, noch an den Wahnsinn seiner neuen Absicht und den Widersinn, der darin lag, in seiner tiefen Trauer das Theater zu besuchen, wandte er sich ohne Zaudern zur Kasse, verlangte einen Fauteuilplatz und ging hinein.

Sein Auge durchlief rasch alle Plätze, das Parkett, die Ränge und die Logen, die sich allmählich füllten. Er fand sie nicht wieder. Er war ganz niedergeschlagen, enttäuscht und voller Ungeduld. Welch tückischer Zufall trieb mit ihm sein Spiel? Eine Halluzination, die sich ihm bald zeigte, bald verschwand! Eine wechselnde Erscheinung, wie die des Mondes zwischen Wolken! Er wartete und suchte noch. Verspätete Theaterbesucher strebten eilig ihren Plätzen zu; es war ein Klappen von Türen und Sitzen.

Nur sie kam nicht.

Er begann seine unbesonnene Handlungsweise bereits zu bereuen, zumal seine Gegenwart bemerkt wurde und sich fortwährend neugierige Gläser auf ihn richteten, was ihm nicht entgehen konnte. Er besuchte zwar niemand, hatte auch keine Familienbeziehungen angeknüpft; er lebte ganz für sich. Aber jedermann kannte ihn wenigstens von Ansehen und wußte um ihn und den Gegenstand seiner edlen Verzweiflung. In diesem schwach bevölkerten, müßigen Brügge kannte sich schließlich alle Welt. Man erkundigte sich über die neu Zugezogenen, machte seinen Nachbarn Mitteilung von dem, was man gehört hatte, oder erhielt sie von ihnen.

Es war also eine große Überraschung, fast das Ende einer frommen Sage, als man ihn im Theater erblickte. Ein Triumph der bösen Zungen, die stets gespottet hatten, wenn von dem untröstlichen Witwer die Rede war.

Der Gedanke, in dem die Menge der Theaterbesucher aufging, schien sich auch Hugo magnetisch mitzuteilen; er hatte sofort das Gefühl einer Sünde gegen sich selbst, eines zerbrochenen Ehrenschilds. Es war wie ein Riß in das Gefäß seines Trauerkultus, aus dem sein bisher so sorgsam gehüteter Schmerz nun Tropfen für Tropfen entrinnen würde.

Inzwischen schlug das Orchester die ersten Takte der Ouvertüre an. Er blickte auf den Theaterzettel seines Nachbars. »Robert der Teufel« stand in großen Lettern darauf – eine jener altmodischen Opern, aus denen sich das Repertoire einer Provinzialbühne unvermeidlich zusammensetzt. Die Violinen stimmten schon die ersten Weisen an.

Hugo fühlte sich verwirrter denn je. Seit dem Tode seiner Frau hatte er nicht einen Ton Musik mehr gehört. Er fürchtete sich vor dem Klang der Instrumente. Selbst ein Leierkasten auf der Straße mit seinen schnarrenden Klimpertönen lockte ihm Tränen in die Augen. Nicht anders die Orgel in Notre Dame und Sankt Walburga, wenn sie am Sonntag ihren schwarzen Samt zu Häupten der Andächtigen ausbreitete und gleichsam einen Katafalk von Tönen errichtete.

Diese Opernmusik erschütterte sein Hirn vollends; die Violinbogen spielten auf seinen Nerven. Es prickelte ihm in den Augen. Sollte er wieder weinen? Er war im Begriff zu gehen, als ihm ein seltsamer Gedanke kam. Die Frau, der er in einer Art von plötzlichem Wahnsinn bis in diesen Saal gefolgt war, weil ihre Ähnlichkeit ein Balsam für sein wundes Herz war, saß hier nirgends, des war er sicher. Aber wenn sie nicht im Saal war, konnte sie dann nicht auf der Bühne erscheinen?

Es war eine Entweihung, die ihm von vornherein das Herz zerriß. Dies Gesicht, das Antlitz seiner geliebten Frau, im grellen Rampenlicht zu sehen, mit bunten Farben aufgeschminkt! Die Frau, die er eben verfolgt hatte, bis sie plötzlich auf irgendeiner Hintertreppe verschwunden war, konnte ja doch Bühnenkünstlerin sein und jetzt auftreten, gestikulieren und singen. Würde ihre Stimme auch dieselbe sein, um der Teufelei der Gleichheit die Krone aufzusetzen? Diese ernste, silberhelle Metallstimme mit einem Beiklang von Bronze, die er nie wieder gehört hatte!

Hugo fühlte sich ganz verwirrt durch die bloße Möglichkeit eines solchen Zufalls, wo die Ähnlichkeit wirklich bis zum Ende ging. Er wartete voller Bangigkeit und mit einer Art von Vorgefühl, daß er richtig geraten hatte.

Akt für Akt ging vorüber, ohne daß er sie erblickte. Er erkannte sie nicht wieder, weder unter den Sängerinnen noch unter den wie Holzpuppen angemalten und geschminkten Choristinnen. Er achtete fortan nicht mehr auf das Stück und war fest entschlossen, das Theater nach der Kirchhofszene mit den Nonnen, die ihm alle seine Todesgedanken wieder wachrief, zu verlassen. Doch plötzlich bei dem Auferweckungsrezitativ, wo die Ballettänzerinnen als auferstandene Nonnen in langer Prozession einherziehen und Helena aus ihrem Grabe erwacht, Leichentuch und Kutte abwirft und wieder aufersteht, da empfand Hugo eine Erschütterung, wie wenn ein aus schwarzem Traum Erwachter einen Festsaal betritt und die Lichtflut auf den zitternden Wagschalen seiner Augen auf und nieder schwankt.

Ja, das war sie! Eine Tänzerin! Aber das kam ihm gar nicht in den Sinn. Es war ja die Tote, die aus ihrem Grab aufstand, *seine* Tote, die da jetzt lächelnd vortrat und die Arme ausstreckte.

Und sie war ähnlicher den je, ähnlich zum Weinen mit dem schwarzen Schminkestrich unter den Augen, der ihr nächtliches Dunkel noch vertiefte. Ihr Haar, jetzt voll sichtbar, war von derselben Goldfarbe ohnegleichen, ganz wie das der anderen ...

Eine ergreifende, ganz flüchtige Erscheinung, über die sehr bald der Vorhang fiel!

Hugo ging. Sein Hirn flammte. Er war wie umgewandelt. Freudestrahlend ging er an den Quais entlang nach Hause, noch wie gebannt von der holden Vision, die nicht wich und die selbst im nächtlichen Dunkel ihren Lichtrahmen immer wieder vor ihm aufspannte... So stand der Doktor Faust wie berückt vor dem Zauberspiegel, in dem sich das himmlische Frauenbild enthüllte!

# Viertes Kapitel.

Hugo hatte sich schnell über sie erkundigt. Er wußte ihren Namen: Jane Scott, der obenan auf der Theateranzeige prangte. Sie wohnte in Lille und kam mit ihrer Truppe allwöchentlich zweimal nach Brügge, um zu spielen.

Die Ballettänzerinnen führen im allgemeinen keinen puritanischen Lebenswandel, und so ließ er sich eines Abends durch den wehmütigen Reiz ihrer Ähnlichkeit dazu verleiten, sich ihr zu nähern und sie anzureden.

Sie antwortete, ohne sehr erstaunt zu sein; vielmehr schien sie auf diese Begegnung ganz gefaßt. Ihre Stimme erschütterte Hugo bis auf den Grund der Seele. Also auch die Stimme! Die Stimme der Toten – in täuschendem Gleichklang vernahm er sie wieder, eine Stimme von der gleichen Klangfarbe, der gleichen Metallmischung. Trieb der Dämon der Ähnlichkeit sein Spiel mit ihm? Oder gibt es wohl eine geheime Harmonie in den Gesichtern, und gehört zu solchen Augen, solchem Haar auch notwendig eine solche Stimme?

Warum sollte der Tonfall nicht auch derselbe sein wie bei der Toten, zumal sie ja auch ihre großen schwarzen Pupillen und ihr seltenes Haar hatte, das sich in diesem goldigen Tone gewiß nicht zum zweitenmal auf Erden fand? Jetzt, wo er sie aus nächster Nähe sah, schien die Ähnlichkeit zwischen der alten und der neuen Frau noch vollkommener. Hugo war ganz verwirrt darüber, zumal auch ihre Haut trotz Puder, Schminke und den sengenden Rampenlichtern den frischen Schmelz reifer Früchte hatte.

Auch in ihrem Wesen lag nichts von der ungebundenen Art der Tänzerinnen. Eine einfache Kleidung, ein anscheinend zurückhaltender, sanfter Geist.

Mehrmals sah Hugo sie wieder und plauderte mit ihr. Der Zauber der Ähnlichkeit tat seine Wirkung... Trotzdem war er absichtlich nicht mehr ins Theater gegangen. Der erste Abend war wie ein wundervoller Kunstgriff des Geschicks gewesen. Sie sollte ihm die Illusion seiner wiedergefundenen Toten geben, und so gebührte es sich, daß sie ihm zuerst als Auferstandene vor Augen trat und bei Mondschein und Märchenstaffage ein Grab verließ.

Aber er mochte sie sich fortan nicht mehr so vorstellen. Die Tote sollte wieder zur Hausfrau werden, sie sollte ihr stilles, häusliches Dasein wieder beginnen und sich in ruhige Stoffe kleiden. Er wollte die Tänzerin, um die Täuschung zu vollenden, nur noch im Straßenkleid sehen. Dann war sie noch ähnlicher und ganz der Toten gleich.

Er besuchte sie jetzt jedesmal, wenn sie kam; er erwartete sie in dem Gasthofe, wo sie abstieg. Zuerst begnügte er sich mit der tröstlichen Lüge ihres Gesichtes. Er suchte in diesen Zügen das Antlitz der Toten, blickte sie lange Minuten hindurch mit wehmütiger Freude an, sog das Bild ihrer Lippen und Haare, den Ton ihrer Hautfarbe begierig in sich auf und ließ sie sich im stillen Wasser seiner Augen spiegeln ... O Wonne und Entzücken dieses totgeglaubten Brunnens, in dem sich wieder Leben fängt! Das Naß ist nicht mehr tot und unbeweglich, der Spiegel lebt!

Um sich auch über ihre Stimme zu betrügen, senkte er bisweilen die Augenlider, um ihren Worten zu lauschen und ihren fast täuschenden Gleichklang zu schlürfen. Nur manchmal waren die Laute etwas belegt und wie gedämpft; es war, als ob die alte hinter einem Vorhang spräche.

Trotzdem hatte er von ihrem ersten Auftreten auf der Bühne noch eine verwirrende Erinnerung behalten. Er hatte ihre Arme, ihren bloßen Hals und die sanfte Linie ihres Rückens gesehen und stellte sich das Erschaute nun hinter ihrem geschlossenen Kleide vor.

Eine fleischliche Neugierde mischte sich ein.

Wer nennt die Leidenschaft der Umarmungen eines lange getrennten Liebespaares? Aber hier war der Tod nur eine Trennung gewesen, denn dasselbe Weib war ja wiedergefunden.

Wenn er Jane ansah, mußte er an die Tote und ihre Küsse, an die Umarmungen von damals denken. Er meinte die andere wieder zu besitzen, wenn er diese besäße. Was unwiederbringlich vorüber schien, jetzt sollte es wieder von neuem beginnen. Und er vermeinte seine Gattin damit nicht zu betrügen; war sie es doch, die er in ihrem Ebenbilde lieben würde, ihr Mund, den er in jenem Munde küßte.

Hugo kostete so düstere und wilde Freuden. Seine Leidenschaft erschien ihm nicht als eine Entheiligung, im Gegenteil, als gut; so sehr sah er in den beiden Frauen bereits eine einzige, ein verlorenes und wiedergefundenes, in Gegenwart wie in Vergangenheit stets und einzig geliebtes Wesen, mit denselben Augen, dem gleichen Haar und dem nämlichen Fleisch und Blut, dem er die Treue hielt.

Jedesmal, wenn Jane nach Brügge kam, traf Hugo jetzt mit ihr zusammen, bisweilen am Ende des Nachmittags, bevor sie auftrat, namentlich aber nachher in den stillen Nächten, wo er bis zu später Stunde in ihrem Banne weilte. Und trotz des Augenscheins der tiefen Trauer, die er stets trug, trotz der so fremd anmutenden unwohnlichen Hotelzimmer, begann er sich allmählich einzureden, daß die schlimmen Jahre gar nicht gewesen seien, daß er noch immer eine Häuslichkeit besäße und eine Liebesehe führte, daß es immer noch das erste Weib wäre und das stille, innige Beisammensein mit seinen rechtmäßigen Küssen.

O holde Abende bei geschlossenen Türen! Friede im Herzen, Selbstgenügsamkeit des ineinander aufgehenden Paares, Stille und ruhiges Glück! Die Augen haben alles vergessen, wie Nachtschmetterlinge: die schwarzen Ecken, die kalten Scheiben, den Regen draußen. Wind und Winter, die Glocken, die den Tod der Stunden künden; – nur im engen Lichtkreise der Lampe schwärmen sie.

Hugo fühlte neues Leben an diesen Abenden durch seine Adern rinnen ... Vollständiges Vergessen! Neubeginn! Die Zeit rauscht sanft dahin, in einem Flußbett ohne Steine... Und es ist, als gehörte man im Leben schon der Ewigkeit an.

# Fünftes Kapitel.

Hugo brachte Jane in einem freundlichen Hause unter. Er hatte eine Wohnung an der Promenade gemietet, die auf grünes Vorland und Mühlen ging.

Gleichzeitig hatte er sie veranlaßt, die Bühne zu verlassen. Er hatte sie dadurch immer in Brügge und mehr für sich. Es war ihm nicht einen Augenblick zum Bewußtsein gekommen, daß die Liebschaft mit einer Tänzerin für einen ernsten Mann in seinen Jahren, der eine so untröstliche Trauer zur Schau getragen hatte, ein wenig lächerlich war. Im Grunde empfand er auch gar keine Liebe für sie. Alles, was er wünschte, war, den Reiz dieses Wunders ewig festzubannen. Wenn er Janes Kopf in seine Hände nahm und an sich zog, so geschah dies, um in ihren Augen zu lesen und etwas darin zu suchen, was er in denen der anderen gefunden hatte: einen Schimmer, ein Aufglänzen, eine Perle, einen Blumenflor, der seine Wurzeln in der Seele hatte – und den er hier vielleicht auch wieder fand.

Dann wieder knüpfte er ihre Haare auf, so daß sie ihre Schultern überfluteten, und verflocht sie stillschweigend nach Art eines Zopfes, als sollten sie sich mit jener fernen Flechte vereinigen ...

Jane verstand nichts von diesem sonderbaren Gebaren ihres Liebhabers und seinen stumm auf ihr ruhenden Blicken.

Sie erinnerte sich nur seiner unerklärlichen Traurigkeit, als sie ihm im Anfang ihrer Beziehungen verraten hatte, daß sie sich ihr Haar färbte, und wie ängstlich er seitdem aufpaßte, daß sie es ja in genau derselben Schattierung hielt.

»Ich hätte Lust, mir das Haar nicht mehr zu färben,« hatte sie eines Tages erklärt.

Er war anscheinend ganz verwirrt darüber gewesen und hatte sie inständigst gebeten, ihr Haar in dieser hellen Goldfarbe zu lassen, die er so liebte. Dabei hatte er es in die Hand genommen, es gestreichelt und die Finger hineingetaucht, wie ein Geizhals, der in seinem wiedergefundenen Schatze wühlt.

Und er hatte wirre Worte gestammelt: »Ändere nichts ... Eben weil du so bist, liebe ich dich. O, du weißt nicht, was ich mit deinem Haar in Händen halte!«

Seit ihrer Übersiedlung nach Brügge kam er fast jeden Tag, sie zu besuchen, verbrachte seine Abende bei ihr und aß auch bisweilen dort. Barbe, seine alte Magd, war freilich sehr schlecht gelaunt darüber und maulte am nächsten Tage, daß sie umsonst Essen bereitet und gewartet hätte. Sie tat so, als glaubte sie wirklich, daß er im Wirtshaus gegessen hätte, aber im Grunde blieb sie ungläubig und erkannte ihren sonst so pünktlichen und häuslichen Herrn nicht wieder.

Hugo ging viel aus; er teilte seine Zeit zwischen seinem Hause und Janes Wohnung.

Am liebsten ging er in der Abendstunde zu ihr, da er es so gewohnt war, am Ende des Nachmittags auszugehen, und dann auch, damit seine häufigen Wege nach ihrer Wohnung, die er absichtlich in einem entlegenen Stadtviertel gemietet hatte, nicht zu sehr auffielen. Sich selbst gegenüber empfand er nicht die geringste Scham; seine Seele errötete nicht, denn er kannte ja den Grund und den geheimen Plan seines veränderten Benehmens; es war in seinen Augen nicht nur entschuldbar, sondern die Vergebung selbst und seine Ehrenrettung vor der Toten, ja fast vor Gott. Aber er mußte nichtsdestoweniger mit der prüden Provinzialstadt rechnen. Wie sollte er nicht auch schließlich etwas auf die Nachbarschaft achten und die öffentliche Achtung oder Feindschaft berücksichtigen, wo er fortwährend die Augen auf sich gerichtet sah und in nächster Berührung mit anderen lebte!

Namentlich in diesem katholischen Brügge, das so sittenstreng war! Die hohen Türme in ihren steinernen Kutten warfen ihren Schatten auf alles. Und es war, als ginge von den zahllosen Klöstern eine Verachtung alles Fleisches und seiner geheimen Begierden aus, eine ansteckende Verherrlichung der Keuschheit. An allen Straßenecken sah man geschnitzte Heiligenschreine mit Glasfenstern, in denen Jungfrauen in Samtmänteln zwischen verwelkten Papierblumen standen, in der Hand ein aufgerolltes Spruchband mit sichtbarer Schrift, die an ihrer Statt erklärte: »Ich bin die Unbefleckte.«

Die Leidenschaften, der außereheliche Verkehr der Geschlechter werden stets als das Werk des Satans, der Weg zur Hölle angesehen. Die Sünde gegen das sechste und neunte Gebot läßt die Stimmen in den Beichtstühlen kleinlaut werden und schminkt die Gesichter der Beichtenden mit purpurner Scham. Hugo kannte diese Sittenstrenge von Brügge und wollte sie darum nicht verletzen. Aber in der Enge des Provinziallebens entgeht nichts der Beobachtung. Nicht lange, so erregte er, ohne es zu wissen, die Entrüstung der Frommen. Und der beleidigte Glaube gefällt sich in ironischen Redensarten, wie die Kathedrale den Teufel mit den Masken ihrer Wasserspeier höhnt.

Sobald das Verhältnis des Witwers mit der Tänzerin bekannt wurde, ward er, ohne es zu ahnen, zum Stadtgespräch. Jeder wußte es. Es war ein Geklatsch von Tür zu Tür, ein müßiges Gerede, ein Weitergeben von schlechten Witzen, die mit beghinenhafter Neugier aufgenommen wurden. Das Kraut der Verleumdung schoß, wie in allen toten Städten, zwischen dem Pflaster auf.

Man belustigte sich um so mehr über das Abenteuer, als die lange Verzweiflung, der ewige Schmerz ohne Sonnenblick, noch in aller Erinnerung war. Alle seine Gedanken, die er pflückte, hatte er zu einem Grabstrauße gebunden. Und nun endigte sie so, diese Trauer, die man für ewig hätte halten können.

Alle waren betrogen, voran der arme Witwer selbst, den diese Intrigantin ohne Zweifel behext hatte. Man kannte sie wohl; es war eine frühere Balletttänzerin. Man zeigte sie sich im Vorübergehen und lachte oder entrüstete sich auch ein wenig über ihr ruhiges und gemessenes Wesen, das, wie man fand, durch ihren albernen Gang und ihr strohgelbes Haar Lügen gestraft wurde. Man wußte sogar, wo sie wohnte, und daß der Witwer sie Abend für Abend besuchte. Nicht lange, so würde man auch Zeit und Stunde wissen und den Weg, den er einschlug.

Neugierige Bürgerfrauen verkürzten sich die Langeweile müßiger Nachmittage damit, sich hinter den Fensterkreuzen zu postieren und ihm in den kleinen Fensterspiegeln aufzulauern, die man Spione nennt, und die an der äußeren Fensterbrüstung aller Häuser angebracht waren, schräge Spiegel, die alle zweifelhaften Straßenbilder zurückwerfen, spiegelnde Fallen, die das ganze Gebaren der

Vorübergehenden ohne ihr Wissen auffangen und ihre jeweiligen Gebärden, das Lächeln, den Gedanken, der im Augenblick aus ihren Augen spricht, in das Innere des Zimmers zurückspiegeln, wo jemand auf der Lauer liegt.

Dank dem Verrat der Spiegel wußte man bald jeden Gang, den Hugo machte, und jede Einzelheit dieser wilden Ehe, in der er jetzt mit Jane lebte. Die Selbsttäuschung, der er sich nach wie vor hingab, und seine naive Vorsichtsmaßregel, nur am Abend auszugehen, verliehen seinem Verhältnis, das zuerst nichts als Anstoß erregt hatte, allmählich etwas Komisches, und die Entrüstung endete mit Lachen.

Hugo ahnte von alledem nichts. Er fuhr fort, auszugehen, wenn es Abend wurde, und seinen Schritt nach einigen willkürlichen Umwegen nach der ganz nahen Vorstadt hinzulenken.

O, wieviel weniger schmerzlich waren sie ihm jetzt, diese abendlichen Spaziergänge! Er ging durch die Straßen, über die jahrhundertealten Brücken, an erstorbenen Grachten entlang, an denen das Wasser aufseufzt. Jeden Abend läuteten die Glocken für einen am Tag Verschiedenen. Sie läuteten mit vollem Schwung, und doch schien es ihm, als ob der Klang sich entfernte und schon aus weiter, weiter Ferne käme, fast schon aus anderen Himmeln ...

Und die überquellenden Dachtraufen mochten schlickern und schluchzen, die Brückengewölbe kalte Tränen ausschwitzen, die Pappeln an den Kanalborden klagen und seufzen wie das Rauschen eines schwachen, untröstlichen Quells – Hugo vernahm den Schmerz dieser Dinge nicht mehr; er sah die starre Stadt nicht mehr, die in den tausend Bändern ihrer Kanäle wie verschnürt dalag.

Die Stadt der vergangenen Tage, das tote Brügge, dessen Witwer er sich gefühlt hatte, umgürtete ihn kaum noch mit einem Wall von Wehmut; er ging getrost durch ihre Stille, als wäre auch sie aus ihrem Grabe auferstanden und stände da wie eine neue Stadt, der alten gleich.

Und obwohl er Abend für Abend zu Jane ging, zuckte es nicht einmal in seinem Gewissen auf; nicht eine Minute hatte er das Gefühl, daß er wortbrüchig geworden war, daß er eine große Liebe ins Lächerliche gezogen und dem Schmerz Valet gesagt hatte. Nicht einmal jenen leichten Schauer empfand er, der durch das Mark der Witwen rieselt, wenn sie an ihre Krepp- und Kaschmirkleider zum erstenmal eine rote Rose stecken.

# Sechstes Kapitel.

Welch unerklärliche Macht hat doch die Ähnlichkeit! dachte Hugo. Sie entspricht den beiden widerspruchsvollen Grundbedürfnissen der Menschennatur: der Gewohnheit und der Sucht nach Neuem. Die Gewohnheit ist das Gesetz, das Rückgrat des Lebens. Das hatte Hugo mit einer Schärfe erfahren, die sein ganzes Schicksal unwiderruflich bestimmen sollte. Dafür, daß er zehn Jahre lang an der Seite einer heißgeliebten Frau gelebt hatte, konnte er sich ihrer nicht mehr entwöhnen, mußte er fortan mit der Getrennten im Geiste zusammenleben und ihr Antlitz auf anderen Gesichtern suchen.

Andererseits ist die Sucht nach Neuem nicht weniger instinktiv. Der Mensch wird es müde, stets dasselbe Gut zu besitzen. Glück und Gesundheit werden erst durch ihr Gegenteil fühlbar. Und auch die Liebe beruht auf ihrer eigenen Unterbrechung.

Nun aber ist es gerade die Ähnlichkeit, die jene beiden Gegensätze in uns vereinigt, jedem sein Teil zuweist und sie unbestimmt miteinander verbindet. Die Ähnlichkeit ist die Horizontlinie, wo Gewohnheit und Sucht nach Neuem zusammenstoßen.

Und es ist namentlich die Liebe, die dieser Art Verfeinerung einen günstigen Boden bietet. Es ist der Zauber einer neuen Frau, die an Stelle der alten, ihr ähnlichen, tritt!

Hugo genoß ihn mit wachsender Wonne, er, den Schmerz und Einsamkeit schon lange so feinfühlig gemacht hatten, daß er solcher Seelenregungen fähig war. Überdies war er ja auch durch einen angeborenen Ähnlichkeitssinn darauf gekommen, nach Brügge zu ziehen, als er Witwer geworden war.

Er besaß ihn in hohem Grade, diesen »Ähnlichkeitssinn«, einen sechsten, ungemein zarten und empfindlichen Sinn, der die Dinge durch tausend feine Fäden verband, die Bäume mit der heiligen Jungfrau verknüpfte und einen unsichtbaren Zeichenaustausch zwischen seiner Seele und den ewig klagenden Türmen schuf.

Darum eben hatte er sich Brügge zum Wohnsitz erkoren, Brügge, von dem das Meer sich zurückgezogen hatte, wie ein zu großes Glück.

Das war die erste Übereinstimmung gewesen, und dann sollte auch sein Denken mit der größten jener berühmten »grauen Städte« harmonieren.

O Schwermut dieses Graus der Brügger Straßen, wo alle Tage wie Allerheiligen aussehen! Dieses Grau, wie gemischt aus dem Weiß der Nonnenhauben und dem Schwarz der Priesterröcke, die hier ununterbrochen vorbeistreifen und gleichsam abfärben! O Mysterium dieser ewigen Halbtrauerfarbe! Überall die Straßen entlang stufen sich die Häuserfronten ab, so weit der Blick reicht. Die einen tragen blaßgrünen Bewurf oder sind aus verblichenen Ziegeln erbaut, zwischen denen weiße Kalkstreifen laufen; aber dicht daneben stehen Häuser, die ganz geschwärzt sind, wie harte Kohlezeichnungen oder verbrannte Kupferstiche, deren Tinten den allgemeinen Ton wiederherstellen und den etwas kräftigeren Farben der Nachbarhäuser die Wage halten. Und so kommt es, daß das Ganze doch in ein gleichmäßiges Grau getaucht scheint, das längs der quaiartigen Flucht der Mauern webt und sich verbreitet.

Auch der Klang der Glocken ließe sich eher als schwarz denken. Aber durch den Raum ergossen, kommt er gedämpft mit einem gleichfalls grauen Klang hernieder, streicht über das Wasser der Kanäle, wird vom ihm zurückgeworfen und bebt auf seiner Oberfläche.

Und dieses Wasser selbst fließt mit allen seinen Reflexen, den blauen Himmelszipfeln und roten Dachziegeln, dem Schnee der wandernden Schwäne und dem Grün der einfassenden Pappeln zu stillen, farblosen Bahnen zusammen.

Durch ein Wunder dieses Himmelsstriches findet eine gegenseitige Durchdringung aller Farben statt. Gott weiß, durch welche Gesetze der atmosphärischen Chemie alle zu lebhaften Töne abgeblendet und in einen träumerischen Gesamtton aufgelöst werden, eine müde, nahezu graue Mischung.

Es ist, als ob die häufigen Nebel, das verschleierte Licht des nordischen Himmels, der Granit der Uferborde, der unaufhörliche Regen und der Klang der Glocken miteinander auf den Lufton eingewirkt hätten – dazu in dieser uralten Stadt die kalte Asche der Zeit, der Staub der Sanduhr der Jahre, der alles unter seiner stillen Decke begräbt.

Das war der Grund, weshalb Hugo sich hier hatte niederlassen wollen. Seine letzte Kraft sollte in Brügge unmerklich, aber sicher versanden und unter diesem feinen Staub der Ewigkeit verschwinden; seine Seele sollte auch grau werden wie die tote Stadt!

Auch heute hatte dieser Ähnlichkeitssinn seine Wirkung getan, aber in einem Umschlag, der plötzlich und rätselhaft war, wie ein Wunder, und somit in entgegengesetzter Richtung wirkte. Welche seltsame Laune des Geschicks, daß dieses Gesicht in dem Brügge seiner ersten, so fernliegenden Erinnerungen aufgetaucht war, um sie ihm plötzlich alle wieder wachzurufen!

Aber wie es um diesen seltsamen Zufall auch stand: Hugo überließ sich fortan völlig der Trunkenheit dieser Ähnlichkeit Janes mit der Toten, wie er sich vordem an der eigenen Ähnlichkeit mit der toten Stadt berauscht hatte.

# Siebentes Kapitel.

Es war nun schon mehrere Monate her, seit Hugo Jane zum erstenmal begegnet war, und nichts hatte die Lüge, in der er lebte und wieder auflebte, bisher getrübt. Wie war sein Leben doch anders geworden! Er kannte keine Trübsal mehr. Er hatte nicht mehr den Eindruck der tiefen Vereinsamung und grenzenlosen Leere. Seine alte Liebe, die ihm für immerdar entrückt und unerreichbar schien – Jane hatte sie ihm wiedergegeben; in ihr fand er die Tote wieder, in ihr sah er sie, wie man das Bild des Mondes sich ganz ohne Unterschied im Wasser widerspiegeln sieht. Und bis jetzt hatte kein Fältchen, kein Schaudern dieses Spiegels unter einer schlimmen Brise die Reinheit ihres Ebenbildes getrübt.

Und er fuhr fort, die Tote im Götzenbilde dieser Ähnlichkeit zu verehren; er ging so völlig in diesem Selbstbetrug auf, daß er nicht einen Augenblick daran dachte, es könnte ein Mangel an Treue gegen seinen Kult und das teure Andenken sein. Jeden Morgen zollte er, ganz wie am Tage zuvor – als wäre ein jeder eine Station auf dem Passionswege der Liebe – den aufbewahrten Erinnerungen den Tribut seiner Verehrung. Sobald er aufgestanden war, betrat er das stille Dunkel ihrer Zimmer und ging bei halbgeöffneten Läden lange Zeit zwischen den Möbeln einher, die stets auf ihrem gleichen Platze standen, oder blieb gerührt vor einem Bilde der Entschlafene stehen. Hier eine Photographie von ihr als junges Mädchen, kurz vor ihrer Verlobung; dort ein großes Pastellbild mitten auf einer Konsole unter spiegelndem Glas, das ihr Gesicht bald verdeckte, bald sehen ließ; dort eine andere Photographie auf dem Lampenständer in eingelegtem Rahmen, ein Bild aus den letzten Jahren, wo sie schon leidend aussah, wie eine geknickte Lilie ... Hugo preßte die Lippen darauf und küßte diese Bilder wie eine Kußtafel oder einen Reliquienschrein.

Und jeden Morgen stand er in den Anblick des Kristallkästchens versunken, in dem das Haar der Toten allzeit sichtbar ruhte. Aber er wagte kaum den Deckel zu lüften. Er hätte es nie und nimmer herausgenommen oder durch seine Finger gleiten lassen. Dieses Haar war heilig! War es doch das einzige Überbleibsel der Toten, das dem Grab entronnen war, um in diesem gläsernen Sarg einen besseren Schlummer zu schlafen. Aber es war gleichwohl tot, denn es war ja von einer Toten, und man durfte nimmermehr daran rühren. Genug, wenn er es betrachten konnte und es unberührt wußte, wenn er sich jederzeit versichern konnte, daß es da war, dieses Haar, von dem vielleicht das Leben des Hauses abhing.

Hugo brachte lange Stunden zu, wo er in seinen Erinnerungen schwelgte, und der Kronleuchter über seinem Kopfe goß aus seinen zitternden Kristallkelchen kalte Lichtschauer durch das Schweigen der geschlossenen Räume und erfüllte die Stille wie mit einer leisen Klage.

Später brach Hugo auf und ging zu Jane, wie zu der letzten Station seines Heiligenkults, Jane, die dasselbe Haar ganz und ungeteilt besaß, und bei der es lebte, die gleichsam das ähnlichste Abbild der Toten war. Eines Tages hatte er dieser Gleichheit noch einen besonderen, innigeren Reiz abgewinnen wollen und einen bizarren Gedanken gefaßt, der fortan nicht mehr von ihm wich. Nicht nur die kleinen Dinge, die Nippsachen und Bilder, die er von seiner Frau bewahrte: er wollte alles von ihr um sich haben, als ob sie nur abwesend wäre. Nichts war verstreut, verschenkt oder verkauft worden. Ihr Zimmer stand immer noch bereit, als ob es ihrer Rückkehr harrte. Es war aufgeräumt und jedes Jahr mit einem neuen geweihten Buchsbaumzweig geschmückt worden. Ihre Wäsche ruhte vollzählig in den Schubladen, mit Kräutersäckchen dazwischen, um sie in ihrer schon leicht vergilbten Unbeweglichkeit frisch zu erhalten. Auch die Kleider, all ihre alten Toiletten, hingen in den Schränken; Seidenroben und Sonntagsstaat, die leere Hülle dessen, was sie einst belebte.

Hugo wollte sie bisweilen wieder in lebender Bewegung sehen, so eifersüchtig wachte er darüber, daß er nichts vergaß, und daß sein Schmerz um das Verlorene ewig währte ...

Die Liebe erhält sich, ganz wie der Glaube, durch kleine Mittel. Und so kam ihm eines Tages ein seltsames Gelüsten und verfolgte ihn, bis er es erfüllte: Jane in einem dieser Kleider zu sehen, genau so angezogen wie die Tote! Sie war ihr ohnehin so ähnlich: nun sollte zur Gleichheit des Gesichtes auch noch die der Kleidung treten, die er einst an ihren völlig gleichen Körperformen gesehen. Dann würde sie noch mehr seine wiedergekehrte Frau sein.

Ein göttlicher Augenblick, wo Jane so angetan auf ihn zuschreiten würde, eine Minute, die Zeit und Wirklichkeit ungeschehen machen, die ihm das völlige Vergessen schenken würde!

Sobald er diesen Gedanken einmal gefaßt hatte, wurde er ihm zur fixen Idee, die ihn berückte und wie mit einer Schelle verfolgte.

Eines Morgens entschloß er sich also. Er rief nach seiner alten Magd und ließ sich vom Boden einen Koffer herunterbringen, um einige der kostbaren Kleider fortzuschaffen.

»Der gnädige Herr verreisen wohl?« fragte die alte Barbe, die sich die neue Lebensweise ihres sonst so klösterlich lebenden Herrn, sein vieles Ausgehen, seine Abwesenheit, seine Mahlzeiten außer dem Hause gar nicht mehr erklären konnte und zu glauben begann, daß er närrische Einfälle hatte.

Sie mußte ihm behilflich sein, die Kleider herauszunehmen und auszusuchen und die zurückbleibenden gegen den Staub zu schützen, der aus diesen lange unberührten Schränken in Wolken herausquoll.

Er hatte zwei Kostüme ausgesucht, die letzten, welche die Tote getragen hatte, und legte sie sorgfältig in den Koffer, strich die Röcke glatt und klopfte auf die Falten. Barbe verstand von alledem nichts, aber es erregte doch Anstoß bei ihr. Wie konnte er diese Garderobe, die nie berührt worden war, plötzlich zerstückeln! Wollte er sie etwa verkaufen? Sie wagte eine schüchterne Einwendung.

»Was würde die arme gnädige Frau dazu sagen!«

Hugo blickte sie sprachlos an. Er war blaß geworden.

Hatte sie den Grund erraten? Wußte sie etwas?

»Wieso?« fragte er schließlich.

»Ich dachte so,« antwortete die alte Barbe. »In meinem Dorf in Flandern muß man die Sachen eines Gestorbenen entweder gleich verkaufen, in der Woche, wo er beerdigt wird, oder sein Leben lang behalten, sonst bleibt der Tote so lange im Fegefeuer, bis man selbst hinüber ist.«

»Seien Sie ohne Sorge,« entgegnete Hugo beruhigt. »Ich habe nicht die geringste Absicht, die Kleider zu verkaufen. Ihre Sage hat ganz recht.«

Barbe blieb starr stehen, als er den Koffer trotz dieser Erklärung kurz darauf doch auf eine Droschke laden ließ und davonfuhr.

Hugo wußte nicht recht, wie er Jane seinen tollen Gedanken beibringen sollte, denn niemals hatte er ihr etwas von seiner Vergangenheit erzählt; eine Art Zartgefühl und Scham vor der Toten hatte ihn stets davor zurückgehalten. Nicht einmal eine Anspielung auf die holde und grausame Ähnlichkeit, derentwegen er sie verfolgt hatte, war ihm entschlüpft.

Als der Koffer ankam, brach Jane in ein Freudengeschrei aus und sprang in die Höhe. Welche Überraschung! Er hatte sie scheinbar reich bedacht. »Wie? Geschenke? Wohl gar ein Kleid?« ...

»Jawohl, Kleider,« sagte Hugo mechanisch.

»O, das ist nett von dir! Also mehr als eins?«

»Zwei.«

»Welche Farbe? Schnell, laß sehen!«

Sie kam näher und streckte die Hand nach dem Schlüssel.

Hugo wußte nicht, was er sagen sollte. Er wagte den Mund nicht aufzutun, um sich nicht zu verraten; er mochte das krankhafte Verlangen, dem er hemmungslos gefolgt war, nicht gestehen. Als der Koffer auf war, begann Jane die Roben herauszunehmen. Sie überflog sie schnellen Blicks, und ihre Mienen verrieten sofort eine große Enttäuschung.

»Was für eine häßliche Fasson! Und diese gemusterte Seide, wie altmodisch ist das! Aber wo hast du denn solche Roben gekauft? Diese Volants auf dem Rock! Vor zehn Jahren war das Mode! Ich glaube, du willst mich zum besten haben!« ...

Hugo war ganz bestürzt und verlegen; er suchte nach Worten, nach einer Erklärung, nicht der wahren, sondern einer anderen, die wahrscheinlich klang. Er begann das Lächerliche seines Vorhabens einzusehen, und doch ließ der Gedanke ihn nicht los.

Er erklärte ihr also mit einschmeichelnder Stimme: Jawohl, es wären alte Kleider ... Erbstücke ... Kleider von einer Verwandten ... Er hätte nur Spaß machen wollen ... Er hätte solche Lust darauf, sie in einer dieser alten Roben zu sehen. Es sei verrückt, aber er hätte solche Lust darauf ... Einen einzigen Augenblick! ...

Jane begriff nichts von alledem. Sie lachte, drehte jedes Kostüm nach allen Richtungen hin und her, wog den Stoff, eine schwere, kaum verblaßte Seide, mit der Hand und kam nicht aus dem Staunen heraus über diesen sonderbaren, ans Komische streifenden Schnitt, der trotzdem einst die Mode und Eleganz selbst gewesen war ...

Aber Hugo ließ nicht nach.

»Du wirst mich häßlich darin finden!«

So verdutzt sie anfangs über diesen Einfall war, so fand sie es schließlich doch selbst drollig, die geerbten Kleider anzuziehen. In übermütigster Laune legte sie ihren Frisiermantel ab und die Spitzenuntertaille an, schlug diese, da sie ihr die Brust bedeckte, mit ihren bloßen Armen zurück, ebenso die Spitzen ihrer Hemdborte, und schlüpfte in die eine Robe, die ausgeschnitten war. Dann stellte sie sich vor den Spiegel und lachte über ihren eigenen Anblick. »Ich sehe ja aus wie ein altes Familienbild!« sagte sie.

Dabei zierte und verdrehte sie sich, stieg, ihre Röcke aufhebend, auf den Tisch, um sich ganz zu sehen, und schüttelte sich immerfort vor Lachen, während ein losgegangener Hemdzipfel unter der Taille hervorkam und, keuscher als sie, ihr nacktes Fleisch bedeckte, dafür aber die Intimitäten der Wäsche recht peinlich offenbarte ...

Hugo sah zu. Diese Minute, von der er sich die höchsten Wonnen erträumt hatte, kam ihm jetzt besudelt und gewöhnlich vor. Jane schien an diesem Spiel Gefallen zu finden. Sie wollte auch die andere Robe anprobieren und begann in einer Anwandlung von toller Ausgelassenheit plötzlich zu tanzen und ihre Kreuzsprünge zu variieren; die Ballettänzerin kam wieder einmal zum Durchbruch.

Hugo ward es immer weher ums Herz; es kam ihm vor, als wohnte er einer schmerzlichen Maskerade bei. Es war das erstemal, daß der Bann der körperlichen Ähnlichkeit seine Wirkung versagte. Er hatte zwar noch gewirkt, aber im umgekehrten Sinne. Ohne ihre

Ähnlichkeit wäre Jane ihm höchst gewöhnlich erschienen. Durch ihre Ähnlichkeit verursachte sie ihm einen Moment lang den grausamen Eindruck, als sähe er die Tote wieder, aber herabgewürdigt, trotz derselben Robe und desselben Gesichtes – den Eindruck, den man an Prozessionstagen hat, wenn man die Darstellerinnen der Maria oder der heiligen Frauen am Abend wiedertrifft, noch in ihre Mäntel und frommen Gewänder gehüllt, aber berauscht und in einen mystischen Karneval herabgesunken, zu dem die Straßenlaternen wie blutige Wunden im Finstern leuchten.

# Achtes Kapitel.

Eines Sonntags im März – es war gerade der Ostersonntag – erklärte Hugo seiner alten Magd schon am frühen Morgen, daß er weder zum Mittagessen noch zum Abendbrot zu Hause sein würde und daß sie bis zum Abend ausgehen könnte. Barbe freute sich nicht wenig darüber, zumal ihr Ausgehtag mit einem großen Fest zusammenfiel. Sie nahm sich vor, zu den Beghinen zu gehen und den verschiedenen Messen beizuwohnen, dem Hochamt, dem Vespergottesdienst und dem Segen. Den Rest des Tages wollte sie bei ihrer Verwandten, Schwester Rosalie, verbringen, die in einem der Hauptklöster des frommen Bezirks wohnte.

Zu den Beghinen zu gehen, war eine der besten, eine der einzigen Freuden, die Barbe kannte. Sie war im Beghinenkloster gut bekannt und zählte sogar einige der Nonnen zu ihren Freundinnen. Ihr Traum war, später einmal, wenn sie noch etwas Geld zurückgelegt hätte, auch den Schleier zu nehmen und ihr Leben im Kloster zu beschließen, wie so viele andere, denen die Freude aus den alten, in weiße Haubenbänder gewickelten Gesichtern strahlte.

Namentlich in diesen Tagen des erwachenden Lenzes frohlockte sie, daß sie sich auf den Weg zu ihrem geliebten Beghinenkloster machen konnte. Sie ging noch rüstigen Schrittes, und ihr großer schwarzer Mantel mit seiner Kapuze schwang wie eine Glocke im Winde. Ferne Glockenklänge schienen den Takt zu ihren Schritten zu schlagen; alle Glocken des Kirchspiels läuteten miteinander, und alle Viertelstunden hagelte der scharfe, prasselnde Klang der Zeitschläge herab, wie eine auf gläsernem Klavier heruntergeklimperte Melodie.

Das erste sprossende Grün des Lenzes verlieh der Vorstadt ein ländliches Aussehen. Und Barbe hatte, trotzdem sie schon mehr als dreißig Jahre in der Stadt diente, die ungetrübte Erinnerung an ihr Dorf in ihrer Bauernseele bewahrt, wie alle ihresgleichen, und wenn sie ein wenig Grün oder Laub sah, beschlich sie das Heimweh.

Es war ein schöner Morgen. Sie ging mit rüstigen Schritten im hellen Sonnenschein und freute sich über das Zwitschern der Vögel, den Duft des jungen Grüns in der ländlichen Vorstadt und die hübschen Anlagen am Minnewater, dem Liebessee, wie man es übersetzt hat, oder besser noch: dem Wasser, wo man liebt! – Es war ein schlummernder Teich mit Wasserrosen, so weiß wie die Herzen von Firmelkindern, ringsum beblümte grasige Ufer, dahinter hohe Bäume und am Horizonte Mühlen mit ihren an lebende Wesen gemahnenden Bewegungen. Barbe hatte wieder einmal die Empfindung, als wäre sie auf der Wanderschaft, als kehrte sie durch ergrünende Fluten zu ihrer Kindheit zurück...

Sie war eine fromme Seele von jener flandrischen Frömmigkeit, in der noch etwas vom spanischen Katholizismus rückständig ist, – ein Glaube, in dem der Gewissensbiß und der Schrecken mächtiger ist als die Zuversicht, der mehr Furcht vor der Hölle als Himmelssehnsucht empfindet. Dabei eine Vorliebe für äußeren Pomp, für die sinnlichen Eindrücke des Kultes, für Blumen- und Weihrauchduft und reiche Stoffe, wie sie diesem Volke nun einmal erb- und eigentümlich ist. Der sonst so finstere Geist der alten Dienstmagd geriet denn auch jetzt schon im voraus in Entzücken, wenn sie der bevorstehenden heiligen Handlungen gedachte. Sie überschritt bereits die Bogenbrücke des Beghinenklosters und trat in den heiligen Bezirk ein.

Schon hier herrschte das Schweigen einer Kirche; selbst das Geräusch der kleinen Bäche draußen, die in den See rieselten, klang wie ein Laut von betenden Lippen herüber. Ringsum zogen sich Mauern, niedrige Mauern, welche die einzelnen Klöster abschlossen, so weiß wie Altartücher. In der Mitte ein saftiger, dichter Wiesenteppich, wie auf einem Bilde von Van Eyck, auf dem ein Schaf mit der Miene des Passionslammes grast.

Kleine Straßen, die den Namen von Heiligen oder Seligen tragen, laufen kreuz und quer, schneiden sich und laufen im Bogen weiter, um einen ganzen mittelalterlichen Ort zu bilden, eine kleine Stadt für sich in der anderen Stadt, die noch erstorbener ist als jene, so stumm und leer, so ansteckend in ihrer Lautlosigkeit, daß man nur leise den Fuß aufsetzt, nur leise zu sprechen wagt, wie in der Umgebung eines Kranken.

Kommt einmal jemand vorbei, der etwas mehr Lärm macht, so empfindet man das gleich als etwas Ungewöhnliches, als eine Entweihung. Nur einige Beghinen mit ihren schlürfenden Schritten haben in diesem erstorbenen Dunstkreise das Recht, auf und ab zu gehen, denn ihr Schritt ist weniger ein Gehen als ein Gleiten, und sie gleiten wie Schwäne, wie Schwestern der weißen Schwäne auf den langen Kanälen. Einige Verspätete huschten soeben noch eilig unter den Ulmen des Vorplatzes vorbei, als Barbe ihren Schritt nach der Kirche lenkte. Orgelklang und Meßgesang schollen ihr bereits entgegen. Sie trat zugleich mit den Beghinen ein, und diese nahmen auf den zwei Bankreihen des geschnitzten Chorgestühls Platz. Sie saßen Haube an Haube, die weißen Leinwandflügel unbeweglich ausgebreitet, und wo die Sonne durch die bunten Scheiben schien, huschten rote und blaue Lichter darüber hin. Barbe blickte mit neidischen Augen nach der knieenden Gruppe der Beghinen, die sich Jesu Bräute und Gottes Mägde fühlten, und sie hoffte eines Tages auch zu dieser Schwesterschar zu zählen...

Sie selbst hatte ziemlich weit im unteren Teil der Kirche Platz genommen, neben ihr einige fromme Laien wie sie: Greise, Kinder und arme Familien, die in den leeren Häusern des allmählich aussterbenden Beghinenklosters ein Obdach erhalten hatten. Barbe betete, da sie nicht lesen konnte, einen großen Rosenkranz herunter; sie betete mit vollen Lippen und schaute dabei bisweilen zu Schwester Rosalie hinüber, ihrer Verwandten, die auf den Chorbänken als zweite neben der Oberin saß.

Wie schön war die Kirche in dem schwelenden Kerzenlicht! Beim Meßopfer erstand Barbe bei der Schwester Sakristanin, die sich an einem schmiedeeisernen Taxusbaum bereit hielt, eine kleine Wachskerze, und bald brannte die Opferspende der alten Magd neben denen der anderen.

Von Zeit zu Zeit warf sie einen Blick auf das herunterbrennende Licht, das sie unter den übrigen wohl herauserkannte.

O, wie fühlte sie sich glücklich! Wie recht hatten doch die Priester, wenn sie sagten, daß die Kirche Gottes Haus ist, namentlich im Beghinenkloster, wo die Schwestern im Chor sangen, mit sanften Stimmen, wie sie wohl die Engel haben müssen.

Barbe ward es nicht müde, den Klängen des Harmoniums und den Chorgesängen zu lauschen, die ihre reinen Töne wie weißes Linnen ausbreiteten.

Schließlich war die Messe zu Ende, und die Lichter erloschen. Die weißen Hauben der Beghinen gerieten plötzlich alle miteinander in Bewegung und verschwanden aus der Kirche wie ein auffliegender Vogelschwarm, um sich dann noch einmal mit den weißen Flügelspannen über das Grün des Gartens zu verteilen, wie ein Schwarm Möwen vor dem Aufbruch. Barbe war Schwester Rosalie, ihrer Verwandten, in gemessenem Abstand gefolgt; so gebot es ihr die Zurückhaltung und Ehrerbietung; erst als sie sah, wie sie in ihr eigenes Kloster verschwand, beschleunigte sie die Schritte und trat einen Augenblick hinter ihr ein.

Die Beghinen leben in jedem der Häuser, aus denen ihr Gemeinwesen besteht, zu mehreren, hier drei oder vier, dort bis zu fünfzehn oder zwanzig zusammen. Das Kloster, in dem Schwester Rosalie wohnte, war eines der größten, und alle Schwestern begannen von dem Augenblick an, wo Barbe eintrat, obwohl sie kaum aus der Kirche zurück waren, zu schwatzen, zu lachen und sich gegenseitig anzureden. Es war in dem großen Arbeitssaale. Da heute Festtag war, standen die Nähkörbe und Spitzenrahmen in den Ecken. Die einen ergingen sich in dem Gärtchen, das vor ihrer Wohnung lag, besichtigten die Pflanzen und prüften das Wachstum der Blumenbeete in ihrer Buchsbaumeinfassung. Andere, bisweilen noch junge Gesichter, zeigten die Geschenke, die sie bekommen hatten: Ostereier mit Zuckerguß. Barbe fühlte sich etwas eingeschüchtert und folgte ihrer Verwandten überallhin durch die Wohn- und Sprechzimmer, nach denen auch andere Besucherinnen strömten. Sie fürchtete sich, hier allein zu bleiben und für einen Eindringling zu gelten, und wartete nicht ohne Angst darauf, daß sie zum Essen eingeladen würde, wie es Brauch war. Aber wie doch? Wenn heute zu viele Verwandte kamen und kein Platz mehr für sie wäre?

Barbe war nicht eher beruhigt, als bis Schwester Rosalie kam und sie von seiten der Oberin einlud; dann verließ sie sie wieder mit der Bitte um Entschuldigung, daß sie so viel zu tun hätte; denn die Beghinen müssen jede der Reihe nach eine Woche lang den Haushalt führen, und jetzt war die Reihe an ihr.

»Wir sprechen nach Tisch noch miteinander,« sagte sie im Gehen. »Zumal ich dir etwas Ernstes zu sagen habe.«

»Etwas Ernstes?« fragte Barbe erschrocken. »Aber dann sag es mir doch gleich!«

»Ich habe jetzt keine Zeit... später ...«

Damit verschwand sie in den Gängen und überließ die alte Magd ihrer Bestürzung. Etwas Ernstes? Was mochte das wohl sein? Ein Unglück? Aber sie hatte nichts mehr auf der Welt, woran sie hing, außer dieser alten Verwandten.

Dann handelte es sich also um sie selbst. Was sollte man ihr aber vorwerfen? Wessen bezichtigte man sie? Sie hatte nie um einen Heller betrogen. Wenn sie zur Beichte ging, wußte sie tatsächlich nicht, was sie sagen und welcher Sünde sie sich zeihen sollte.

Sie blieb in größter Unruhe. Schwester Rosalie hatte so finster, fast streng dreingeschaut, als sie mit ihr sprach. Für diesen Tag war ihr alle Freude verdorben. Sie hatte nicht mehr das Herz, zu lachen und sich unter die Gruppen zu mischen, die da scherzend und plaudernd herumstanden oder angefangene Spitzen besahen, ein neues Muster, zu dem sich die Fäden der verschiedenen Garnröllchen unentwirrbar verknüpften.

Sie saß allein für sich auf einem Stuhl und dachte über die unbekannte Mitteilung nach, die Schwester Rosalie ihr zu machen hatte.

Man setzte sich in dem langen Refektorium zu Tische, nachdem man laut das Tischgebet gesprochen. Barbe aß kaum und wirklich ohne Appetit, während die gesunden, rotbäckigen Beghinen und einige andere Gäste, Verwandte wie sie, diesem Sonntags- und Festschmaus eifrig zusprachen. Es wurde zur Feier des Tages sogar Wein gereicht, ein öliger, goldfarbener Wein aus Tours, der reine Abendmahlswein. Barbe trank das Glas aus, das ihr eingeschenkt war, in der Hoffnung, ihre Sorge darin zu ertränken. Sie bekam aber nur Kopfschmerzen davon.

Das Essen kam ihr endlos vor. Als man endlich vom Tische aufstand, lief sie stracks auf Schwester Rosalie zu und blickte sie fragend an. Diese bemerkte ihre Verstörtheit und suchte sie schnell zu beruhigen.

»Es ist nichts, Barbe! Nicht doch, meine Liebe, wozu regst du dich so auf?«

»Was ist es denn aber?«

»Nichts! Nichts besonders Schlimmes. Ein kleiner Rat, den ich dir geben wollte.«

»O, du hast mir solche Angst gemacht...«

»Wenn ich sage, nichts Schlimmes, so handelt es sich um den Augenblick. Aber die Sache kann immerhin ernst werden. Siehst du, es wird vielleicht nötig sein, daß du eine andere Stelle annimmst.«

»Ich eine andere Stelle annehmen! Aber warum denn? Ich bin nun schon fünf Jahre bei Herrn Viane. Ich bin ihm zugetan, denn ich habe ihn so unglücklich gesehen, und er hängt an mir. Er ist der anständigste Mensch von der Welt.«

»O, meine arme Tochter, wie einfältig ist doch dein Sinn! Nein, eben nicht, er ist nicht der anständigste Mensch von der Welt.«

Barbe war leichenblaß geworden.

»Wie meinst du das?« fragte sie. »Was hat mein Herr Schlechtes getan?«

Schwester Rosalie erzählte ihr die Geschichte, die so stadtbekannt war, daß sie bis in den stillen Bezirk des Beghinenklosters gedrungen war. Sie erzählte ihr von der üblen Aufführung des Mannes, dessen herzzerreißenden Schmerz, dessen Untröstlichkeit als Witwer einst jedermann bewundert hatte. Nun wohl: er hatte sich getröstet, und zwar auf schändliche Weise! Er ging jetzt zu einer schlechten Weibsperson, einer früheren Tänzerin vom Theater...

Barbe zitterte und kämpfte bei jedem Wort gegen eine innere Empörung an, denn sie verehrte ihre Verwandte, und diese Enthüllungen, die für sie so kränkend, so unglaublich waren, klangen in ihrem Munde so gebieterisch. Also das war der Grund für diesen plötzlichen Wandel im Leben ihres Herrn, für sein häufiges Ausbleiben, sein Kommen und Gehen, sein Außer-dem-Hause-Essen, sein zu spätes Heimkehren, sein Fortbleiben in den Nächten...

»Hast du darüber nachgedacht, Barbe,« fuhr die Beghine fort, »daß eine anständige, christliche Dienerin nicht mehr in einem Hause bleiben kann, dessen Herr ein Heide geworden ist?«

Bei diesem Wort brach Barbes Unwillen denn doch los. Es war nicht möglich! Verleumdungen, lauter Verleumdungen, durch die sich Schwester Rosalie hatte täuschen lassen. Ein so guter Herr, der seine Frau so anbetete! Den sie jeden Morgen mit Tränen in den Augen vor den Bildern der Entschlafenen stehen sah! Der ihr Haar besser bewahrte als eine Reliquie!

»Es ist so, wie ich es dir sage,« antwortete Schwester Rosalie kühl. »Ich weiß alles. Ich kenne sogar das Haus, wo diese Person wohnt. Es liegt auf meinem Wege zur Stadt, und ich habe Herrn Viane mehr als einmal hineingehen oder herauskommen sehen.«

Das war eine formelle Antwort. Barbe schwieg kleinlaut. Sie antwortete nichts und versank ganz in tiefes Sinnen, während sich auf ihrer Stirn eine große Falte und mehrere kleine Runzeln bildeten.

Dann sagte sie einfach: »Ich werde darüber nachdenken,« während ihre Verwandte wieder durch ihren Dienst in Anspruch genommen wurde und sich für eine Weile von ihr verabschiedete.

Die alte Magd stand immer noch starr und ohnmächtig und mit wirren Gedanken vor dieser Neuigkeit, die alle ihre Hoffnungen vernichtete und ihren künftigen Lebensweg gänzlich verändern mußte.

Sie war ihrem Herrn zugetan und hätte ihn nur schweren Herzens verlassen.

Und wo sollte sie auch eine andere Stelle finden, die so gut, so bequem und einträglich war? In dem Haushalte dieses alten Junggesellen konnte sie leicht noch einige Ersparnisse machen und die kleine Mitgift erübrigen, mit der sie ihre Tage im Beghinenkloster zu beschließen gedachte. Und doch hatte Schwester Rosalie recht. Bei einem Manne, der seinen Nächsten Ärgernis gab, konnte sie nicht länger bleiben.

Sie wußte, daß man bei Gottlosen, welche nicht beten, welche die Kirchensatzungen, Quatember und Fasttage mißachten, nicht dienen darf. Dasselbe gilt von den Ausschweifungen. Diese sind sogar die schlimmere Sünde, welche die Prediger in ihren Reden und Andachten am meisten mit höllischem Feuer bedrohen. Und Barbe wies schleunigst auch die fernste Gemeinschaft mit der Sünde der

Unzucht zurück, bei deren bloßem Namen sie sich schon bekreuzigte.

Was sollte sie nun aber tun? Während des Vespergottesdienstes und des Abendsegens, derentwegen sie mit der Klostergemeinde wieder in die Kirche gegangen war, blieb sie völlig ratlos. Sie bat den Heiligen Geist, sie zu erleuchten, und ihr Gebet ward erhört, denn beim Verlassen der Kirche war ihr ein Entschluß gekommen.

Da der Fall verwickelt war und über ihre Urteilskraft ging, entschloß sie sich, sogleich zu ihrem Beichtvater zu gehen und gehorsam seinem Spruch zu folgen.

Sie ging also nach Notre Dame und erzählte dem Priester alles, was sie soeben vernommen. Er kannte sie schon seit Jahren als eine gerade, schlichte Seele, die bei jeder Gelegenheit von Gewissensbissen geplagt wurde und dadurch etwas Finsteres erhalten hatte. Sie trug wirklich eine Dornenkrone, diese arme Seele, und darum suchte der Priester sie auch zu beschwichtigen, ja er nahm ihr sogar das Versprechen ab, nichts Voreiliges zu unternehmen. Wenn das, was man von ihrem Herrn sagte, wahr war, wenn er wirklich sündhafte Beziehungen unterhielt, so mußte sie immer noch einen Unterschied machen. Fanden diese Begegnungen außer dem Hause statt, so sollte sie sie ignorieren oder sich doch keinesfalls darüber beunruhigen. Wollte es aber das Unglück, daß dieses Weib von schlechtem Wandel, von dem die Rede war, das Haus betrat und ihren Herrn besuchte, mit ihm aß oder sonst etwas trieb, so konnte sie in diesem Falle allerdings nicht die Mitschuldige seiner Unzucht bleiben; dann mußte sie ihren Dienst aufkündigen und gehen.

Barbe ließ sich diese Unterscheidung noch einmal wiederholen. Als sie sie endlich begriffen hatte, verließ sie den Beichtstuhl, verrichtete in der Kirche noch ein kurzes Gebet und ging dann heim. Sie folgte dem Quai du Rosaire bis zu dem Hause, das sie heute morgen so glücklich verlassen hatte, und das sie (das fühlte sie wohl!) früher oder später würde verlassen müssen.

O, wie schwer ist es doch, lange froh zu sein! Schon betrat sie die toten Straßen und ließ die grüne Vorstadt des Morgens, die Messe und die schönen Gesänge wehmütig hinter sich zurück. Auf alle diese Herrlichkeiten sank jetzt die Nacht herab! Sie dachte an ihr baldiges Scheiden aus ihrer Stelle, an neue Gesichter, an ihren

Herrn, der im Stande der Todsünde lebte, und sich selbst sah sie jeder Hoffnung beraubt, ihre Tage einst bei den Beghinen zu beschließen. Sie würde an einem Abend, wie dieser, ganz verlassen sterben, dort im Hospiz, dessen Fenster auf den Kanal blickten ...

# Neuntes Kapitel.

Seit dem Tage, wo Hugo auf den bizarren Einfall gekommen war, Jane eine der altmodischen Roben der Toten zum Anziehen zu geben, fühlte er sich tief enttäuscht. Er war über das Ziel hinausgegangen. Er hatte die beiden Frauen zu sehr miteinander verschmelzen wollen, und nun hatte ihre Ähnlichkeit eher abgenommen. Solange beide einen gewissen Abstand behielten und der Nebel des Todes zwischen ihnen lag, war die Verwechslung noch möglich. Kamen sie einander zu nahe, so traten die Unterschiede zutage.

Anfangs war es die Ähnlichkeit des Gesichtes gewesen, die ihn verblendet hatte, und seine innere Bewegung war sein Mitschuldiger geworden, aber nach und nach verfolgte er die Parallele bis auf ihre geringsten Einzelheiten und begann sich wegen Geringfügigkeiten zu quälen.

Die Ähnlichkeit liegt stets nur in den Linien und im Gesamtausdruck. Geht man ins einzelne, so ist alles verschieden. Aber Hugo merkte nicht, daß er selbst seine Art zu sehen geändert hatte; er verglich beide mit immer peinlicherer Genauigkeit und schob Jane die Schuld zu, ja, er glaubte sie vollständig verwandelt.

Immerhin hatte sie nach wie vor dieselben Augen. Aber wenn die Augen die Fenster der Seele sind, so war es klar, daß aus ihnen heute eine andere Seele sprach, als aus denen der Toten, die ihm stets gegenwärtig waren. Jane war zu Anfang sanft und zurückhaltend gewesen, jetzt ließ sie sich mehr und mehr gehen. Ein Rückstand von Theaterblut und Kulissenwesen trat bei ihr zutage. Die vollständige Intimität hatte ihr große Freiheit in ihren Manieren gegeben, eine lärmende, ungebundene Fröhlichkeit und recht freie Redensarten; auch ihre alte Angewohnheit, sich nachlässig anzuziehen, war immer stärker geworden. Sie lief im unordentlichen Frisiermantel, mit ungekämmten Haaren den ganzen Tag im Hause herum. Hugos feine Natur nahm daran Anstoß. Trotzdem kam er immer noch zu ihr, um das entschwindende Zauberbild zu bannen. O träge Stunden! Unerträgliche Abende! Es drängte ihn, diese Stimme zu hören, ihren tiefen, vollen Klang zu trinken. Und zugleich litt er an dem, was sie sagte.

Jane fand seine finsteren Launen, sein langes Schweigen bald langweilig. Wenn er jetzt am Abend zu ihr kam, war sie meist noch nicht zurück. Sie verspätete sich in der Stadt, bei Spaziergängen oder Einkäufen in den Läden, beim Anprobieren von Roben. Er besuchte sie auch zu anderen Stunden, mitten am Tage, morgens oder am Nachmittag. Oft war sie ausgegangen; es duldete sie nicht mehr zu Hause. Sie langweilte sich in der Wohnung und war immerfort auf der Straße. Wohin ging sie? Hugo wußte von keiner Freundin, die sie hatte. Er wartete auf sie; er mochte nicht allein sein und ging lieber in der Nähe spazieren, bis sie wiederkam. Er streifte unruhig und traurig umher, fürchtete sich vor den Blicken der Leute, ging zweck- und ziellos von einem Trottoir aufs andere, lenkte den Schritt nach einer der angrenzenden Grachten und schlenderte am Uferrand entlang oder kam auf abgezirkelte Plätze mit schwermütig rauschenden Bäumen und verlor sich in das unendliche Gewirr der grauen Gassen.

O, stets dieses Grau der Brügger Straßen!

Hugo fühlte seine Seele diesem Grau mehr und mehr unterliegen. Diese rings verbreitete Stille, diese menschenleere Öde wirkte ansteckend auf ihn. Kaum, daß ein paar alte Frauen in schwarzen Mänteln, den Kopf unter der Kapuze versteckt, schattenhaft einherschlichen. Sie kamen von der Kapelle des heiligen Bluts, wo sie eine Opferkerze angezündet hatten. Seltsam, man sieht nirgends so viele alte Frauen, wie in den alten Städten. Erdfahl, wie sie schon waren, huschten die welken Gestalten still dahin, als hätten sie alle ihre Worte verausgabt ... Hugo beachtete sie kaum; er ging ziellos einher und war ganz in seinen alten Schmerz und seine neuen Sorgen versunken. Mechanisch lenkte er den Schritt wieder nach Janes Wohnung. Noch niemand da!

Er ging wieder aus, blieb zaudernd stehen, streifte abermals durch die verödeten Straßen und kam, ohne es zu wissen, am Quai du Rosaire heraus. Jetzt entschloß er sich, zu Hause zu bleiben und Jane erst später, am Abend, aufzusuchen. Er ließ sich auf einem Fauteuil nieder und griff nach einem Buche; aber schon im nächsten Augenblick erdrückte ihn die Einsamkeit und das frostige Schweigen der großen Korridore, und er ging wieder aus.

Jetzt war es Abend ... Ein feiner, kalter Regen fiel, ein Strichregen, der immer schneller floß und ihm mit Nadeln in die Seele stach ... Hugo fühlte sich wieder besiegt, von ihrem Gesicht verfolgt, nach Janes Wohnung getrieben. Er ging abermals hin; als er in die Nähe kam, kehrte er wieder um. Ein plötzliches Bedürfnis nach Einsamkeit bemächtigte sich seiner; er fürchtete jetzt, sie möchte zu Hause sein und ihn erwarten, und er mochte sie nicht sehen.

Er schlug mit raschen Schritten die entgegengesetzte Richtung ein. Sein Weg führte ihn nach alten Stadtgegenden. Er wußte selbst nicht, wo er war; er ging unbestimmt und traurig durch den Straßenschmutz. Der Regen fiel immer schneller und haspelte seine Fäden ab, verstrickte sein Gewebe zu immer dichteren Maschen und wob ein ungreifbares, triefendes Netz, in dem Hugos Seele allgemach zerfloß. Er begann wieder an die Vergangenheit zu denken ... Er dachte an Jane. Was tat sie bei solchem trostlosen Wetter draußen? Er dachte an die Tote ... O, was ward aus ihr? Aus ihrem armen Grabe ... Kränze und Blumen wurden von dieser Regenflut gewiß vernichtet ...

Und die Glocken läuteten so fern und blaß! Wie fern war ihm die ganze Stadt! Es deuchte ihn, daß auch sie in der Auflösung begriffen, in dem alles überschwemmenden Regen ertrunken sei ... Sie paßten gut, diese Trauerklänge! Für das tote Brügge läutete es von den höchsten noch überlebenden Glockentürmen herab. O, wie trüb fielen die Schläge!

# Zehntes Kapitel.

Je mehr Hugo seine rührende Lüge zerrinnen sah, desto mehr wandte er sich auch wieder der Stadt zu, setzte seine Seele wieder in Einklang mit ihr und zog mit Fleiß jene andere Parallele, in die er sich schon früher, in den ersten Zeiten seiner Witwerschaft und seiner Übersiedlung nach Brügge, wehmütig versenkt hatte. Jetzt, wo Jane aufhörte, das genaue Ebenbild der Toten zu sein, begann er selbst, sich der Stadt wieder anzuähneln. Das merkte er wohl, wenn er fortwährend seine eintönigen Gänge durch die öden Straßen machte.

Denn so weit war er schon gekommen: er hielt es zu Hause nicht mehr aus. Die Einsamkeit seiner Wohnung, das Heulen des Windes in den Schornsteinen, die Erinnerungen alle, die ihn mit tausend starren Augen anblickten, flößten ihm Schrecken ein. Er streifte fast den ganzen Tag herum, planlos und zerfahren, ohne Gewißheit über Jane und was er selbst gegen sie empfand.

Liebte er sie eigentlich? Und sie: welche Gleichgültigkeit, welchen Verrat verhehlte sie ihm? O nagende Ungewißheit! Trübe, kurze Winternachmittage! Treibende Nebel, die sich zusammenballen! Er fühlte, wie der Nebel seine Seele ansteckte, wie er alle seine Gedanken verwischte und in graue Lethargie auflöste.

O, diese Winterabende in Brügge!

Die Stadt gewann wieder ihre alte Macht über ihn. Eine Lehre des Schweigens erging von den regungslosen Wasseradern, deren Stille edle Schwäne anzog. Ein Vorbild der Entsagung boten die schweigenden Grachten, und vor allem erklang eine Mahnung zu Frömmigkeit und Sittenstrenge von den hohen Glockentürmen von Notre Dame und Saint-Sauveur, die stets im Hintergrunde aufragten. Unwillkürlich erhob er die Augen zu ihnen, wie um seine Zuflucht bei ihnen zu suchen; aber die Türme spotteten seiner kläglichen Liebschaft. »Sieh uns an!« schienen sie zu sagen. »Wir sind nichts als Glaube! Ernst, ohne lächelnden Steinschmuck, wie luftige Festungen steigen wir zu Gott empor. Wir sind kriegerische Glockentürme. Und der Böse hat seine Pfeile an uns erschöpft!«

Ja, so hätte Hugo auch sein mögen! Nichts als ein Turm, der über das Leben hinausragt! Aber er konnte sich nicht rühmen, wie diese Kirchtürme von Brügge, den Anläufen des Bösen getrotzt zu haben. Im Gegenteil, sie war eine Schandtat des Teufels, diese plötzlich über ihn hereingebrochene Leidenschaft, an der er nun litt wie ein Behexter.

Geschichten vom Satanismus, Erinnerungen an Gelesenes tauchten in seinem Gedächtnis auf. Hatte sie nicht ihren guten Grund, diese Furcht vor verborgenen Gewalten und Behexung?

Und war das alles nicht die Folge eines Pakts, der Blut heischte und zu irgendeiner Katastrophe führen mußte? Es war ihm bisweilen, als wäre der Schatten des Todes ihm näher gerückt.

Er hatte des Todes spotten wollen, er hatte ihn durch den Kunstgriff einer scheinbaren Gleichheit höhnen, sich über ihn hinwegsetzen wollen. Vielleicht würde der Tod sich rächen.

Aber noch war ein Entrinnen möglich, noch konnte er den bösen Geist austreiben! Und während er die große mystische Stadt durchquerte, erhob er die Augen zu den barmherzigen Türmen mit ihren trostspendenden Glocken, zu den heiligen Jungfrauen, die an jeder Straßenecke ihre Arme dem reuigen Sünder öffnen, sie selbst von Wachslichtern und Rosen umgeben, die unter einer Glasglocke stehen, wie tote Blumen in einem gläsernen Sarge...

Ja, er wollte das Joch des Bösen abschütteln! Er wollte Buße tun. Er war wie ein entlaufener Mönch seinem Schmerze entronnen. Aber er wollte bereuen. Er wollte wieder zu dem werden, was er gewesen. Er begann sich der Stadt schon wieder gleichzusetzen.

Er fühlte sich bereits als ihren Bruder in Schweigen und Schwermut; dieses schmerzensreiche Brügge war seine Schwester, soror dolorosa. O, wie gut hatte er getan, in den Tagen seiner großen Trauer hierher zu ziehen!

O stumme Verwandtschaft! Gegenseitiges Sichdurchdringen von Seele und Dingen! Wir dringen in sie ein, wie sie in uns.

Vor allem die Städte haben eine Persönlichkeit, einen eignen Geist, einen fest ausgeprägten Charakter, welcher der Freude, der jungen Liebe, dem Verzicht, dem Witwerstand entspricht. Jede

Stadt ist ein Seelenzustand, und kaum hat man sie betreten, so teilt sich dieser Zustand mit und geht in uns über; er ist wie ein Fluidium, das sich einimpft und das man mit der Luft in sich aufsaugt.

Hugo hatte diesen bleichenden, mildernden Einfluß von Brügge zu Anfang wohl erfahren, und durch ihn hatte er sich mit der bloßen Erinnerung ausgesöhnt, mit dem Verzicht auf jede Hoffnung, dem Warten auf einen sanften Tod...

Und auch jetzt stillte sich seine Qual trotz der augenblicklichen Ängste ein wenig in den langen Grachten mit ihrem stillen Wasser, wenn er abends an ihnen entlang streifte, und er trachtete fortan danach, wieder zum Ebenbild und Gleichnis dieser Stadt zu werden.

# Elftes Kapitel.

Aber die Stadt trägt vor allem das Antlitz des Glaubens. Eine Mahnung zur Frömmigkeit und Entsagung geht von ihr aus, von den Mauern ihrer Spitäler und Klöster, von ihren zahlreichen Kirchen, die in steinernen Chorhemden niederknien. Sie begann Hugo wieder zu beherrschen und seinen Gehorsam zu erzwingen. Sie wurde wieder zur Hauptperson seines Lebens, mit der er die meiste Zwiesprache gepflogen, die ihren Einfluß geltend gemacht, abgeraten und befohlen hatte, nach der er sich am meisten gerichtet und der er die Gründe zu allen seinen Handlungen entlehnt hatte.

Er geriet jetzt wieder mehr in den Bann ihres mystischen Antlitzes, je mehr er den Lockungen des Fleisches und der Lüge des Weibsgesichtes widerstand. Er hörte nicht mehr so viel auf die Worte aus ihrem Munde, und in gleichem Maße ward er wieder empfänglich für den Glockenklang.

O diese vielen, nimmermüden Glockenklänge, wenn er in solchen Rückfällen von Trübsal seine abendlichen Spaziergänge wieder aufnahm und planlos an den Grachten entlang streifte!

Sie taten ihm weh, diese vielen Glocken mit ihrem Sterbegeläut, ihren Seelenmessen und Dreißigschlägen, ihrem Mett- und Vesperläuten. Den ganzen Tag über schwangen ihre schwarzen, unsichtbaren Weihrauchfässer auf und ab und ließen einen Rauch von Klängen in die Luft aufsteigen.

O dieses ewige Glockenläuten von Brügge, diese ununterbrochen in die Luft gesandten Klagepsalmen großer Totenmessen! War es nicht wie eine Absage an das Leben, wie der klare Sinn der Eitelkeit aller Dinge, wie ein Einläuten des nahenden Todes? ...

Auf den leeren Straßen verbreitete hin und wieder eine Laterne einen flackernden Schein des Lebens. Vereinzelte Schattengestalten huschten vorüber, Weiber aus dem Volk in langen, dunklen Tuchmänteln, die wie schwarze Bronzeglocken aussahen und wie Glocken schwangen. Und Glocken wie Mäntel schienen nach den Kirchen zu wandeln, in einem und demselben Wege begriffen.

Hugo folgte unbewußt ihrem Rat und ihrer Spur. Die frömmelnde Umgebung gewann ihre alte Macht über ihn. Die Propaganda des Vorbilds, der verborgene Wille der Dinge zog auch ihn nach den alten Gotteshäusern zur inneren Sammlung.

Wie einst, fand er wieder Gefallen daran, sich hier am Abend einzufinden, vornehmlich in den Kirchenschiffen von Saint-Sauveur mit ihren langen schwarzen Marmorplatten und dem weltentrückten Gesang ihrer Chöre, wenn er seine schwarzen Schleier ausbreitete und in Wogen herabbrauschte...

Es war ein voller mächtiger Klang, der von den Orgelpfeifen herab auf die Fliesen strömte; es war, als überschwemmte und verwischte er die staubigen Inschriften auf den Leichensteinen und Kupferplatten, mit denen die alte Kirche wie besät war. Wahrlich, hier schritt man auf dem Tode!

Und nichts, weder die Blumengärten der gemalten Kirchenfenster, noch die wunderbaren, der Zeit trotzenden Gemälde von Pourbus, Van Orley, Erasmus Quellyn, Crayer und Seghers mit ihren noch unverwelkten Tulpengirlanden – nichts konnte die Grabestrübsal dieses Ortes versüßen. Auch den Farbenzauber der Altarblätter und Triptychen, die verewigten Träume der alten Meister sah Hugo kaum. Er mußte nur mit gesteigerter Wehmut an den Tod denken, wenn er auf den Altarflügeln den Stifter mit gefalteten Händen und die Stifterin mit karneolfarbenen Augen erblickte. Nichts war von ihnen geblieben als diese Bilder. Da suchte er sich das Bild der Toten von neuem wachzurufen. An die Lebende mochte er nicht mehr denken, das Bild der unreinen Jane ließ er vor der Kirchentür! Die Tote war's, von der er träumte, daß er mit ihr vor Gottes Antlitz kniete, wie die frommen Stifter da droben.

Ebenso liebte es Hugo in diesen mystischen Anwandlungen, sich in das Schweigen der kleinen Kapelle Jerusalem zu begraben. Besonders hierhin gingen die Frauen in den schwarzen Mänteln, wenn es Abend ward. Er trat hinter ihnen ein. Die Schiffe waren niedrig, eine Art von Krypta. Tief im Grunde, in der Kapelle, die zur Anbetung der heiligen Wunden errichtet ist, stand eine Christusfigur in Lebensgröße, ein Heiland auf seinem Grabe, die leichenfarbene Gestalt in ein Bahrtuch aus seinen Spitzen gehüllt. Frauen in schwarzen Mänteln zündeten kleine Kerzen davor an und huschten dann lautlos von dannen. Und die Kerzen bluteten durch die Finsternis wie die Nägelmale des Gekreuzigten, die wieder aufgebrochen wären und von neuem zu rinnen begännen, um die Andächtigen von ihren Sünden reinzuwaschen.

Was Hugo aber auf seinen Pilgerfahrten durch die Stadt am meisten liebgewann, das war das Hospital Saint-Jean. Hier hatte der göttliche Memling gelebt und leuchtende Meisterwerke hinterlassen; sie werden noch jahrhundertelang die Frische seiner Träume bewahren, die er in der Zeit seiner Genesung geträumt hat. Auch Hugo pilgerte dorthin, in der Hoffnung, zu genesen und seine fiebernden Augen an diesen weißen Wänden zu kühlen. Der große Katechismus der Ruhe!

Innengärten mit Buchsbaumeinfassungen, Krankenzimmer, in denen man den Schall der Stimme dämpft, ganz abgelegen! Einige Nonnen, die vorüberhuschen und die herrschende Stille unmerklich verdrängen, wie die Schwäne der Grachten kaum ein wenig Wasser verdrängen ... Ein schwebender Duft von feuchtem Leinen, von Hauben, denen der Regen den Glanz genommen hat, von Altartüchern, die aus uralten Schreinen hervorgezogen sind.

Endlich gelangte Hugo zum Allerheiligsten der Kunst mit seinen unschätzbaren Gemälden und dem berühmten Reliqienschrein der heiligen Ursula, einer gotischen Miniaturkapelle von leuchtendem Gold, die auf jeder Seite in drei Feldern die Geschichte der elftausend Jungfrauen erzählt, während das Dach auf seinem emaillierten Metallgrund miniaturfeine Medaillons von musizierenden Engeln trägt, deren Haarfarbe sich ihren Musikinstrumenten mitgeteilt hat und deren Flügel die Form ihrer Harfen tragen.

So wird das Martyrium von gemalter Musik begleitet. Und das verleiht dem Tode dieser Jungfrauen eine unendliche Zartheit. Wie ein Busch Azaleen gruppieren sie sich auf der anlandenden Galeere, die ihr Grab sein wird. Die Soldaten stehen am Ufer. Sie haben schon mit dem Blutbade begonnen; Ursula und ihre Gefährtinnen sind bereits eingeschifft. Das Blut rinnt, aber so rosig ist es! Die Wunden sind Rosenblätter... Das Blut tropft nicht, es entblättert sich von ihrem Busen.

Die Jungfrauen sind glücklich und seelenruhig; sie lassen ihren Mut in den Rüstungen der Soldaten leuchten, die wie Spiegel glänzen. Und selbst der Bogen, von dem der Tod kommt, erscheint ihnen mild wie die Mondessichel.

Durch solche Feinheiten hatte der Künstler ausdrücken wollen, daß der Todeskampf für die gläubigen Jungfrauen nur ein Übergang ist, eine Prüfung, der sie sich in Aussicht auf die nahe Seligkeit getrost unterziehen. Und darum verbreitet sich der Friede, der in ihnen schon herrscht, auch über die Landschaft und erfüllt sie gleichsam mit ihrer Seele.

Und so ist der Augenblick des Überganges schon weniger die Schlächterei als vielmehr die Apotheose; die Bluttropfen gerinnen bereits zu den Rubinen ihrer ewigen Diademe, und über der blutgetränkten Erde öffnet sich der Himmel; sein Licht ist sichtbar, es greift tätlich ein.

O paradiesische Auffassung des Martyriums, o englische Vision eines Malers, der so fromm wie genial war!

Hugo war tief erschüttert. Er dachte an den starken Glauben der großen flandrischen Künstler, die uns diese Votivgemälde im wahrsten Sinne des Wortes hinterlassen haben. Ja, sie malten, wie man betet!

Und so strömte beim Anblick aller Dinge stets dasselbe auf ihn ein; die Kunstwerke wie die Goldschmiedearbeiten, die Architektur der Häuser, die wie Klöster aussahen, und die Hausgiebel mit ihrer Form von Bischofsmützen, die madonnengeschmückten Straßen, der Wind, den Glockenklänge erfüllten – alles trug Hugo eine Lehre der Frömmigkeit zu, ein Beispiel der Sittenstrenge, und der in der Luft, in den Steinen aufgestaute Katholizismus wirkte ansteckend auf ihn.

Seine Kindheit mit ihrer inbrünstigen Frömmigkeit ward wieder lebendig in ihm, und eine tiefe Sehnsucht nach Unschuld ergriff ihn. Er fühlte sich nicht schuldlos gegen Gott, noch gegen die Tote. Der Begriff der Sünde tauchte wieder auf und erfüllte ihn.

Besonders seit einem Sonntagabend, wo er zufällig in die Kathedrale trat, um dem Abendsegen und dem Orgelklang zu lauschen. Er kam gerade zum letzten Teil einer Predigt.

Der Priester sprach über den Tod. Welchen Gegenstand soll man in dieser trüben Stadt auch sonst wählen, hier, wo er sich von selbst anbietet und aufdrängt, wo er allein den Weinberg seiner schwarzen Trauben rings um die Kanzel aufschießen läßt – bis zu den Händen des Predigers, der nur danach zu greifen braucht, um sie zu pflücken? Wovon reden, wenn nicht von dem, was überall in der Luft liegt: dem unabweislichen Tode? Und welchen anderen Gedanken in die Tiefe graben, wenn nicht den an die Errettung seiner Seele, ihn, der hier die Hauptsorge und den fortwährenden Schrecken aller Gewissen bildet?

Der Priester sprach über den Tod, den sanften Tod, der nur ein Übergang ist und die Wiedervereinigung der in Gott ruhenden Seelen. Er sprach auch von der Sünde, welche die große Gefahr, die Todsünde ist, welche den Tod erst zum wahren Tode macht, aus dem es keine Erlösung mehr gibt, noch ein Wiedersehen geliebter Wesen.

Hugo lauschte diesen Worten, an einen Pfeiler gelehnt, mit beklommenem Herzen. Die große Kirche war in Finsternis getaucht, nur einige Lampen und Wachskerzen warfen einen unbestimmten Schein. Die Andächtigen verschmolzen im Schatten zu einer schwarzen, fast gestaltlosen Masse. Ihm war, als stünde er allein, als wäre das Wort des Priesters nur an ihn gerichtet, als spräche er ihn an. Und durch ein Spiel des Zufalls oder seiner erregten Einbildungskraft vermeinte er, es wäre sein Fall, von dem der unsichtbare Redner da sprach. Ja, er war im Stande der Todsünde! Umsonst suchte er sich an seiner schuldigen Liebe aufzureizen und zu seiner eigenen Rechtfertigung den Scheingrund der Ähnlichkeit vorzubringen. Er tat doch die Werke des Fleisches. Er tat das, was die Kirche jederzeit am strengsten verworfen hat: er lebte in einer Art wilder Ehe.

Wenn aber die Religion wahr spricht, wenn die geretteten Seelen sich wiederfinden, so würde er sie nie wiedersehen, die Gerettete und Heilige, eben weil er sich so ausschließlich nach ihr gesehnt hatte. Der Tod würde die Trennung nur verewigen, würde das, was er für zeitlich gehalten, für immerdar heiligen.

Jetzt und in alle Ewigkeit würde er von ihr getrennt bleiben, und wahrlich, das würde seine ewige Strafe sein: stets umsonst an sie zu denken.

Als Hugo die Kirche verließ, befand sich sein Geist in beispielloser Verwirrung. Und von diesem Tage an ließ der Gedanke an die Sünde ihm keine Ruhe mehr, er wurmte in ihm und bohrte ihm seinen Nagel in die Seele. Wie gern hätte er sich von ihm befreit und sich seiner Sünde entlastet! Er faßte den Gedanken, zu beichten, um dieser inneren Zerfahrenheit, diesem schrecklichen Schwanken der Seele, in das er geraten war, ein Ende zu machen. Aber dann mußte er auch bereuen und ein anderes Leben beginnen. Und er fühlte trotz seines Kummers, seiner täglichen Schmerzen, nicht mehr die Kraft in sich, mit Jane zu brechen und sein einsames Leben wieder anzufangen.

Trotzdem hatte er immer die Stadt mit ihrem Antlitz des Glaubens vor Augen. Sie schalt ihn und drang in ihn. Sie setzte ihm das Vorbild ihrer eigenen Keuschheit, ihrer Glaubensstrenge entgegen.

Und die Glocken stimmten ihr zu, wenn er jetzt allabendlich mit wachsender Herzensangst durch die Straßen irrte, die Liebe zu Jane, die Sehnsucht nach der Toten, die Furcht vor seiner Sünde und der möglichen Verdammnis im Herzen... Die Glocken sprachen so überzeugend, erst freundlich ratend, bald aber unbarmherzig, mit grimmem Schelten. Sie waren gleichsam sichtbar, fühlbar um ihn, wie die Krähen, welche die Türme umkreisten. Sie stießen ihn vor sich her, drangen in seinen Kopf und verletzten, vergewaltigten ihn, um ihm seine elende Liebe zu entreißen, um ihn von seiner Sünde zu befreien!

# Zwölftes Kapitel.

Die Unähnlichkeit der beiden Frauen trat von Tag zu Tage mehr hervor. Hugo litt darunter. Selbst körperlich war es ihm nicht mehr möglich, sich noch Illusionen zu machen. Janes Gesicht hatte einen Ausdruck von Härte und zugleich von Ermüdung angenommen. Eine Falte zog sich unter ihren Augen hin und warf gleichsam einen Schatten über das allzeit weiße Perlmutter ihrer Augäpfel und die jettfarbenen Pupillen. Auch war sie wieder auf den Einfall gekommen, sich ganz wie zur Zeit ihres Theaterlebens die Backen zu pudern, die Lippen zu schminken und die Augenbrauen zu schwärzen.

Vergebens hatte Hugo versucht, sie von diesem Sichanmalen abzubringen; es paßte so wenig zu dem einfachen, keuschen Gesicht, an das er immer dachte. Jane wurde höhnisch und ironisch, hart und ausfallend. Da gedachte er im stillen der Toten und ihres sanften Wesens, ihrer gleichmäßigen Gemütsstimmung, ihrer sanften, edlen Worte, die wie Blätter von ihrem Munde fielen. Zehn Jahre der Gemeinschaft und kein Streit, keines jener schwarzen Worte, die aus dem Grund einer aufgerührten Seele wie Schlamm aufsteigen.

Die Unähnlichkeit der beiden Frauen trat von Tag zu Tage schärfer hervor. Nein, so war die Tote nicht! Diese handgreifliche Erkenntnis wurmte ihn und unterdrückte alles, was er sich bisher zur Entschuldigung seines Abenteuers gesagt hatte. Er begann dessen ganze Erbärmlichkeit einzusehen. Ein Schamgefühl, fast ein Gefühl der Schande ergriff ihn; er wagte nicht mehr an sie zu denken, die er so beweint hatte, und fühlte ihr gegenüber mehr und mehr seine Schuld.

Die Zimmer, welche die Erinnerungen an sie verewigten, betrat er kaum noch und nie ohne Verwirrung. Der Blick ihrer Bilder beunruhigte ihn; es war ein vorwurfsvoller Blick, den er auf sich gerichtet fühlte. Und das Haar lag nach wie vor fast verlassen in seinem Glaskasten, und die dünne Asche des Staubes bildete eine graue Schicht darauf.

Mehr denn je fühlte er seine Seele erweicht und zerfahren. Er ging aus, kehrte zurück und verließ seine Wohnung aufs neue, als würde er von ihr zu der Jancs gehetzt. Ihr Gesicht lockte ihn, solange er ihr fern war, und er wurde von Reue, von Gewissensbissen und Selbstverachtung gepeinigt, wenn er wieder bei ihr war.

Auch in seinem Haushalt herrschte beständige Unordnung. Nichts mehr von Pünktlichkeit und Zeiteinteilung. Er gab Anordnungen und änderte sie wieder, bestellte sein Essen ab. Die alte Barbe wußte nicht mehr, wie sie sich die Arbeit einteilen und worauf sie sich bei ihren Einkäufen richten sollte. Voller Trübsal und Ungeduld betete sie zu Gott für ihren Herrn, jetzt, wo sie den Grund wußte.

Denn oft wurden Rechnungen und Quittungen präsentiert; sie lauteten auf bedeutende Summen für die Einkäufe dieser Person. Barbe, die sie in Abwesenheit ihres Herrn in Empfang nahm, war starr über die endlosen Toiletten und Putzwaren, die kostspieligen Schmucksachen und Dinge aller Art, die Jane auf Kredit nahm. Sie brauchte und mißbrauchte den Namen ihres Liebhabers fortwährend in allen Läden der Stadt und kaufte mit einer Verschwendungslust, die des Geldes spottet.

Hugo gab allen ihren Launen nach, und doch wußte sie ihm keinen Dank dafür. Sie ging vielmehr immer häufiger aus, blieb bisweilen gar den ganzen Tag lang fort und den Abend dazu, verschob das Zusammensein mit Hugo auf den nächsten Tag und fertigte ihn mit eilig hingekritzelten Billetts ab.

Sie behauptete jetzt, einige Bekanntschaften gemacht zu haben. Sie hatte Freundinnen. Sie konnte doch nicht ewig so allein leben. Eines Tages teilte sie ihm mit, daß ihre Schwester in Lille erkrankt sei; sie hatte ihm bisher nie etwas von ihr gesagt. Sie müßte zu ihr, behauptete sie, und blieb einige Tage fort. Als sie wiederkam, fingen dieselben Künste wieder an; sie verzettelte ihr Leben, blieb häufig fort, ging aus, kurz, es war ein Hinundher wie bei einem Fächer, eine Ebbe und Flut, zwischen der Hugos Dasein einherschwankte.

Mit der Zeit schöpfte er doch etwas Verdacht; er paßte ihr auf und schweifte abends um ihr Haus wie ein Nachtgespenst, das in dem schlummernden Brügge umging. Er lernte das heimliche Auflauern kennen, das Atemanhalten und Stehenbleiben, die kurzen Klingelzüge, deren Klang in den schweigenden Gängen erstirbt, das nächtliche Postenstehen im Winde, wo man bis spät in die Nacht vor einem erleuchteten Fenster harrt, und an dem Schirm der Vorhänge zieht fortwährend ein chinesisches Schattenbild vorbei, von dem man jeden Augenblick fürchtet, daß es sich verdoppelt...

Es handelte sich nicht mehr um die Tote: es war Jane, die ihn nach und nach mit ihren Reizen ganz bestrickt hatte, und die er nun zu verlieren zitterte. Es war nicht mehr ihr Antlitz allein, es war ihr Fleisch, ihr ganzer Körper, dessen Vision vor seinen glühenden Sinnen stand, während er da unten in der Nacht nur den huschenden Schatten auf den Falten des Vorhangs gewahrte... Ja, er liebte sie, denn er war eifersüchtig auf sie, eifersüchtig bis zur Qual, bis zum Weinen, wenn er sie so abends überwachte, während die Mitternachtsschläge der Glockentürme und der feine unaufhörliche nordische Regen ihm ins Gesicht schlugen, als müßten die Wolken hier ewig in kalte Tropfen zerstäuben. Und er stand und lauerte, er ging hin und her auf einem kleinem Raume, wie auf einer eingezäunten Wiese, und sprach dabei ganz laut vor sich hin, wirre Worte, wie ein Schlafwandler. Er stand und ging, trotzdem der Regen immer stärker wurde, ein geschmolzener Schneefall, ein Wolkenbruch, und dazu der Schlamm auf der Straße, die ganze niederziehende Trübsal des Winterendes.

Er lechzte nach Wissen, nach Aufklärung, er wollte sehen...O welche Herzensangst! Und welch eine Seele mußte doch in diesem Weibe wohnen, das ihm so wehe tat, während die andere, die Tote, so gut war! In diesen Augenblicken höchster Bekümmernis glaubte er sie aus der Nacht emportauchen zu sehen; er fühlte, wie ihre mondmilden Augen voller Mitleid auf ihm ruhten.

Hugo ließ sich nicht länger betrügen. Er hatte Jane auf Lügen ertappt, Tatsachen zusammengehalten; er sah sich bald vollends aufgeklärt, als die anonymen Karten, nach edler Provinzialsitte, in sein Haus zu regnen begannen – lauter Schmähungen, höhnische Bemerkungen, Einzelheiten über ihre Betrügereien und all die Ausschreitungen, die er bereits geahnt hatte... Man gab ihm Beweise, nannte Namen. Das war also das Ende dieses Verhältnisses mit einem hergelaufenen Weibe, zu dem er sich durch einen anfangs so entschuldbaren Grund hatte hinreißen lassen. Was sie betraf, so wollte er einfach mit ihr brechen! Aber wie konnte er sich selbst wieder achten, wie sollte er seine Trauer, die er selbst ins Lächerliche gezogen, seinen frommen Kult, seine heilige Verzweiflung, die zum öffentlichen Gespött geworden war, wieder aufnehmen?

Eine tiefe Traurigkeit ergriff ihn. Jane war für ihn auch zu Ende; es war, als ob die Tote zum zweiten Male stürbe. O, was hatte er von diesem närrischen, trügerischen Weibe nicht alles schon erduldet!

Zum letzten Male ging er am Abend zu ihr: er wollte Abschied nehmen und sich von der Last des Schmerzes befreien, der sich um ihretwillen in seiner Seele häufte.

Ohne Zorn, mit unendlicher Betrübnis, erzählte er ihr, daß er alles erfahren hätte, und als sie ihn von oben herab ansah, mit gehässiger Miene, und die trotzige Antwort gab: »Was? Was sagst du?« da zeigte er ihr die Erklärungen, die Schandbriefe...

»Bist du so einfältig, etwas auf anonyme Briefe zu geben?«

Sie schlug ein grausames Gelächter an und zeigte ihre weißen Raubtierzähne, die zum Beutemachen geschaffen waren.

»Deine eigene Aufführung hatte mich schon genug erbaut,« bemerkte Hugo.

Eine plötzliche Wut überkam sie; sie ging hastig auf und ab, knallte die Türen und peitschte die Luft mit ihren Röcken.

»Schön, wenn es nun wahr wäre?« platzte sie heraus.

Und nach einem Augenblick: »Übrigens habe ich das Leben hier satt. Ich gehe fort.«

Hugo hatte sie unverwandt angesehen, während sie so sprach. Das Lampenlicht erhellte ihr Gesicht, ihre schwarzen Augensterne und ihr gefärbtes Goldhaar, das so falsch war wie ihr Herz und ihre Liebe! Nein, das war nicht mehr das Gesicht der Toten! Zitternd stand sie in ihrem Frisiermantel vor ihm, mit entblößter röchelnder Kehle – sie, in deren Armen er gelegen; und als sie ihm ins Gesicht schrie: »Ich gehe fort!« – da schlug seine ganze Seele um und versank in unendliche Finsternis... In diesem feierlichen Augenblick fühlte er, daß er sie nicht nur wegen der Selbsttäuschung und des Zaubers der Ähnlichkeit, sondern auch mit seinen Sinnen geliebt hatte – eine späte Leidenschaft, ein trauriger Oktober, dem ein Zufall das Fieber wieder aufblühender Rosen geschenkt hatte!

Alle seine Gedanken wirbelten ihm im Kopfe herum; er wußte nur noch das eine, daß er litt, daß er krank war, und daß er nicht mehr leiden würde, wenn Jane nicht mehr mit Fortgehen drohte. So wie sie war, genügte sie ihm immer noch. Innerlich schämte er sich seiner Feigheit, aber er konnte nicht mehr ohne sie leben... Überdies – wer weiß? Die Welt ist so schlecht, und sie hatte nicht einmal versucht, sich zu rechtfertigen.

Ihn befiel plötzlich eine unendliche Wehmut, daß dieser Traum nun zu Ende sein sollte, denn er fühlte, daß sein letztes Stündlein gekommen wäre. Die Aufkündigung von Liebesbeziehungen ist ja stets wie ein kleiner Tod, auch hier gibt es ein Scheiden auf Nimmerwiedersehen. Aber es war nicht nur die Trennung von Jane, noch die Zertrümmerung des Spiegels, dessen Widerschein ihn heute mehr denn je ergriff, es war vor allem der schreckliche Gedanke, der ihm drohte: jetzt wieder allein zu sein, allein mit der Stadt, ohne ein Wesen zwischen ihr und ihm. Er hatte sich freilich aus eigenem Willen hier niedergelassen in diesem untröstlichen Brügge mit seinem melancholischen Grau. Aber die Last des Schattens, den die Türme warfen, war zu schwer! Und Jane hatte diesen Schatten so lange von seiner Seele ferngehalten; er war es nicht mehr anders gewöhnt. Jetzt würde er ganz von ihm zugedeckt werden! Er würde in seiner Einsamkeit ein Raub der Glocken werden! Er würde noch vereinsamter sein als vordem, als wäre er zum zweiten Male Witwer geworden! Auch die Stadt würde ihm noch erstorbener erscheinen...

Hugo stürzte wie betört auf Jane zu und ergriff ihre Hand. »Bleib! Bleib! Ich war toll« ... flehte er mit weicher, wie von inneren Tränen erweichter Stimme.

Als er am Abend auf dem Heimweg wieder an den Grachten entlang ging, da empfand er eine unbestimmte Unruhe, eine Furcht wie vor einer ungewissen Gefahr. Todesgedanken bestürmten ihn. Die Tote stand vor seinen Augen. Sie schien wiedergekehrt und schwebte vor ihm her, in den Nebel gehüllt, wie in ein Leichentuch. Hugo fühlte sich ihr gegenüber schuldiger denn je. Plötzlich tat sich ein Wind auf und seufzte in den Pappeln der Uferborde. In dem

Kanal, an dem er entlang ging, wurden die Schwäne von qualvoller Unruhe ergriffen, diese schönen, hundert und mehr Jahre zählenden Schwäne, die nach der Sage von einem alten Wappen herabgekommen waren und von der Stadt immerwährend erhalten werden mußten zur Sühne für die ungerechte Verurteilung eines edlen Herrn, der sie in seinem Wappen führte.

Die Schwäne also, die sonst so weiß und so ruhig auf dem Wasser schwammen, bäumten auf und zogen lange Wasserstreifen durch das schwarze Band des Kanals. Sie schienen in fieberhafter Bestürzung auf einen der Ihren zuzustreben, der mit den Flügeln schlug und, wie auf sie gestützt, sich aus dem Wasser aufreckte wie ein Kranker, der in plötzlicher Beängstigung aus seinem Bette will.

Er schien zu leiden und stieß klagende Laute aus. Nach einem letzten, mächtigen Aufschrei verklang sein Ruf in der Ferne. Es war eine leidende, fast menschliche Stimme, ein wirklicher, abgesetzter Gesang ...

Hugo blieb verwirrt vor diesem geheimnisvollen Schauspiel stehen und lauschte. Er gedachte des alten Volksglaubens. Ja, der Schwan hatte gesungen! Er sollte also sterben, oder doch witterte er den Tod in der Luft!

Hugo schauderte. Galt ihm das schlimme Vorzeichen? Der grausame Auftritt mit Jane, ihre Drohung, fortzugehen, hatten ihn für schwarze Vorahnungen nur zu empfänglich gemacht. Was war es, das nun wieder für ihn zu Ende ging? Für was legte diese abergläubische Nacht ihre schwarzen Trauerkleider an? Sollte er zum zweiten Male Witwer werden?

# Dreizehntes Kapitel.

Jane hatte die Warnung verstanden und mit dem Spürsinn der Abenteurerin sofort erkannt, welche Macht sie über diesen Mann gewonnen hatte, und wie sie ihn nach ihrem Willen beugen konnte.

Mit wenigen Worten gelang es ihr, ihn vollkommen zu beruhigen und wieder botmäßig zu machen, sich in seinen Augen als unschuldig hinzustellen und wieder auf den Thron erhoben zu werden. Sie hatte sich gesagt, daß ein Mann in seinen Jahren, der durch langen Kummer entkräftet und krank war, ein Mann, der sich bereits in den letzten Monaten so verändert hatte, nicht mehr lange leben konnte. Dabei galt er für reich, war allein und fremd in dieser Stadt und kannte keine Seele. Welche Torheit hatte sie fast begangen, sich diese Erbschaft entgehen zu lassen, die so leicht mitzunehmen war! Jane lenkte etwas ein, ging seltener aus, auch nur unter triftigen Vorwänden, und wagte keine unvorsichtigen Schritte mehr.

Eines Tages bekam sie Lust, einmal in Hugos Haus zu gehen, jenes weitläufige, alte Gebäude am Quai du Rosaire mit seiner gedrungenen Bauart und seinen undurchdringlichen Spitzenvorhängen, welche die Scheiben wie Eisblumen überwucherten und nichts vom Inneren ahnen ließen.

Sie wäre gern einmal hineingegangen, um sein mutmaßliches Vermögen nach dem Luxus der Einrichtung abzuschätzen, sein Mobiliar, sein Silber, seine Schmucksachen, kurz alles, wonach ihr der Sinn stand, abzutaxieren und in Gedanken ein Inventar aufzunehmen, auf Grund dessen sie sich entscheiden wollte.

Aber Hugo hatte sich stets geweigert, sie bei sich zu empfangen.

Da begann Jane sich bei ihm einzuschmeicheln. Es war wie ein Wiederaufflammen ihrer Leidenschaft, wie ein rosiges, laues Frühlingswetter, das wiederkam. Es bot sich gerade eine günstige Gelegenheit dazu. Der Mai war gekommen, und am nächsten Sonntag sollte die Prozession des heiligen Blutes stattfinden, ein alljährlicher, seit Jahrhunderten gebräuchlicher Umzug mit einem Reliquienbehälter, in dem sich ein Tropfen der mit der Lanze geöffneten Wunde befand.

Die Prozession sollte auch am Quai du Rosaire vorbeikommen, unter Hugos Fenstern. Jane hatte den berühmten Umzug noch nie gesehen und schien sehr gespannt darauf. Aber vor ihrer Wohnung würde der Zug nicht vorbeikommen, dazu läge sie zu weit ab. Und wie sollte sie auf den Straßen etwas sehen, bei dem Gedränge, das an diesem Tage herrschte, wo ganz Flandern nach Brügge strömte?

»Sag mal, willst du? Soll ich zu dir kommen... Wir essen dann zusammen...«

Hugo schützte die Nachbarn, das Geklatsch der Dienstboten vor.

»Ich werde ganz früh kommen, dann schläft noch alles.«

Auch der Gedanke an Barbe beunruhigte ihn. Sie war so fromm und so prüde; sie würde sie für eine Abgesandte des Teufels ansehen.

Aber Jane bestand darauf. »Also sag! Es ist abgemacht!« bat sie mit einschmeichelnder Stimme, der Stimme aus der Zeit ihrer ersten Bekanntschaft, jener verführerischen Stimme, die zu gewissen Momenten allen Frauen zu Gebote steht, einer klangvollen Kristallstimme, die weite Kreise zieht und die Männer zum Wanken bringt, sie in ihren Strudeln fortreißt und verschlingt.

# Vierzehntes Kapitel.

Am Tage der Prozession, es war an einem Montag, war Barbe mit dem ersten Morgengrauen aufgestanden, noch früher als gewöhnlich, denn sie hatte nur einen Teil des Vormittags frei, um die Wohnung für den vorbeiziehenden Festzug zu schmücken.

Um halb sechs Uhr ging sie zur Frühmesse und nahm dann inbrünstig das Abendmahl. Nach ihrer Rückkehr traf sie die Vorbereitungen für den Vorbeizug. Sie nahm aus den großen Schränken silberne Armleuchter, kleine silberne, vergoldete Vasen und Räucherpfannen, auf denen Weihrauch verbrannt werden sollte. Barbe rieb und putzte jeden Gegenstand, bis sein Metall blank wie ein Spiegel war. Sie nahm auch feine Decken heraus und legte sie auf kleine Tischchen, die sie vor jedem Fenster aufstellte, wie eine Art Ruhaltäre, darauf ein Kruzifix oder Madonnenbild mit Lichtern ringsum – reizende Altärchen des Marienmondes.

Auch an die äußere Dekoration mußte gedacht werden, denn an diesem Tage sucht ein jeder seine Nachbarn in frommem Eifer auszustechen. An der Hausfront waren nach der allgemeinen Sitte schon Fichtenbäume mit ihren grünen Bronzezweigen angebracht worden. Sie wurden von den Bauern von Tür zu Tür feilgeboten und bildeten nun längs der Straßen ein doppeltes Spalier von Baumreihen.

Barbe hängte Draperien in den päpstlichen Farben und weiße Stoffe, einen Schmuck von keuschen Falten, zum Balkon heraus. Sie lief eilfertig und geschäftig hin und her und besorgte feierlich und mit frommer Scheu die alljährliche Ausschmückung, die in ihrem Empfinden die Heiligkeit kirchlicher Zeremonien besaß und wie von Priesterfingern geheiligt, wie mit heiligem Öle getränkt, mit unverweslichem Weihwasser benetzt war.

Dann mußten noch die Körbe mit Grün und abgeschnittenen Blumen gefüllt werden, eine fliegende Mosaik, ein verstreuter Teppich, mit dem jede Dienstmagd die Straße in dem Augenblick, wo der Festzug vorbeikommt, buntfarbig besät. Barbe sputete sich, wie berauscht von dem Dufte der Monatsrosen, der großen Lilien, der Margueriten und Salbeiblumen, des duftenden Rosmarin und des

Kalmus, die sie zu kleinen Sträußen zerteilte. Mit vollen Händen griff sie in die Körbe, voller Behagen über diesen Mord der Blumenkronen, und wühlte darin wie in frischer Watte und in Daunenfedern von toten Flügeln.

Durch die offenen Fenster drang des Glockentones wachsende Fülle; alle Glocken der Stadtgemeinde begannen eine nach der anderen zu schwingen.

Das Wetter war trübe. Es war einer jener unsicheren Maitage, wo es wie eine geheime Freude hinter den Wolken liegt. Eine zarte Stimmung lag in der Luft, in der man die Pfade der wandernden Glocken zu sehen vermeinte, und die jene geheime Freude bis zu der alten Magd hin verbreitete. Alle die alten Glocken, die erschöpften, auf Krücken schleichenden Großmütterchen der Klöster und uralten Türme, die das Haus hüten und kränklich sind und das ganze Jahr lang bettlägerig bleiben – aber am Tage der Prozession des heiligen Bluts stehen sie auf und schreiten mit im Zuge – alle schienen sie über ihren alten, schäbigen Bronzekleidern heitere weiße Überwürfe und fächerartig gefältelte Chorhemden zu tragen. Barbe lauschte dem vielfältigen Klange, dem schweren Dröhnen der großen Domglocke, die sich nur bei großen Anlässen langsam und schwer in Bewegung setzte, und das Schweigen wie mit einem Krummstabe schlug ... Und all die kleinen Glocken der nahen Türmchen begleiteten sie, es war wie ein Rauschen und Frohlocken von silbernen Gewändern, die sich zu einem himmlischen Festzuge zu vereinigen schienen.

Barbe schwelgte in Seligkeit. Es lag an diesem Morgen eine Inbrunst in der Luft, eine Begeisterung senkte sich mit dem vollen Klang der Glocken vom Himmel herab, als hörte man unsichtbare Engelsflügel rauschen.

Und das alles schien in ihre Seele einzumünden, in der sie Jesu Gegenwart empfand, seit sie am grauen Morgen die Hostie empfangen. Sie strahlte noch in ihrer Seele, und in der Mitte ihrer vollen Rundung sah sie ein Antlitz leuchten. Die Güte Gottes war wirklich in ihr. Und jedesmal, wenn die alte Magd daran dachte, bekreuzigte sie sich und begann wieder zu beten, und mit der Rückerinnerung kam ihr gleichsam der Geschmack des heiligen Leibes und Blutes auf die Lippen.

Inzwischen hatte ihr Herr geklingelt; es war seine Zeit zum Früh-
stücken. Er teilte ihr bei dieser Gelegenheit gleich mit, daß er zu
Tisch Besuch erwarte, und daß sie sich darauf einrichten sollte.

Barbe war ganz verblüfft. Er hatte noch nie einen Menschen bei
sich gesehen! Es kam ihr dies recht seltsam vor, und plötzlich stieg
ein schrecklicher Gedanke in ihr auf. Konnte das, was sie damals
befürchtet hatte, was sie aber allmählich vergessen, worüber sie sich
nach und nach beruhigt hatte – nicht jetzt eintreten? Sie riet... Ja, es
war vielleicht dieses Weib, von dem Schwester Rosalie gesprochen
... dies Weib würde vielleicht kommen?

Barbe fühlte ihr Blut in den Adern erstarren. Wenn dem so war,
so stand ihr Entschluß fest, ihre Pflicht rief. Diesem Wesen zu öffnen, ihm bei Tisch die Teller zu reichen, seinen Befehlen zu gehor-
chen, mit der Sünde Bekanntschaft zu machen, das hatte ihr Beichtvater ihr klar und deutlich verboten. Und gar an einem solchen
Tage! Einem Tage, wo das Blut des Erlösers selbst vor diesem Hause vorbeikam! Und sie hatte erst am Morgen die Hostie empfangen!... Nein und abermals nein, das war unmöglich! Sie mußte ihren
Dienst noch zur Stunde verlassen. Sie wollte wissen, woran sie war,
und fragte mit der Art von Tyrannei, mit der die Dienstboten in
stillen Provinzstädten, namentlich in Junggesellen- und Witwer-
haushalten, zu schalten pflegen, mit einschmeichelnder Stimme:
»Wen hat der gnädige Herr denn zum Essen eingeladen?«

Hugo antwortete, daß es etwas gewagt von ihr wäre, ihn so aus-
zufragen. Sie würde es ja sehen, wenn die betreffende Persönlichkeit erschiene.

Aber Barbe stand unter dem Druck ihres Argwohns, der ihr immer wahrscheinlicher vorkam. Eine ungewisse Furcht, die schon an
Panik grenzte, zwang sie, lieber alles aufs Spiel zu setzen, als unversehens den kürzeren zu ziehen, und sie fragte nochmals: »Ist es
vielleicht eine Dame, die der Herr erwartet?«

»Barbe!« rief Hugo erstaunt und mit einem Anflug von Strenge,
indem er sie ansah.

Aber sie fuhr unerschüttert fort: »Das muß ich nämlich im voraus
wissen. Denn wenn der gnädige Herr eine Dame erwartet, muß ich

dem gnädigen Herrn im voraus sagen, daß ich das Essen nicht anrichten kann.«

Hugo war ganz bestürzt. Träumte er? Oder wurde sie toll?

Indessen wiederholte Barbe nachdrücklich, daß sie gehen müßte. Sie könnte nicht länger bleiben. Sie wäre schon gewarnt worden. Ihr Beichtvater hätte es ihr befohlen. Sie wollte nicht ungehorsam sein, das lag auf der Hand. Sie wollte nicht im Stande der Todsünde leben – um eines Tages plötzlich zu sterben und in die Hölle zu kommen.

Hugo verstand anfangs nichts. Aber allmählich entwirrte sich der dunkle Faden; er sagte sich, daß wahrscheinlich geredet worden, daß sein Abenteuer ruchbar geworden war. Also auch Barbe wußte darum? Und drohte gar damit, zu gehen, weil Jane kommen wollte? Sie stand also in solcher Verachtung, diese Person, daß selbst die schlichte Magd, die seit Jahren durch Gewohnheit und Interesse an ihn geheftet war, lieber die tausend Bande zerreißen wollte, die jeder Tag zwischen zwei zusammenlebenden Wesen knüpft, lieber ihn verlassen wollte, als dieser Person nur einen Tag die Teller zu reichen!

Hugo war ohnmächtig und ganz bestürzt. Alle Spannkraft war dahin vor diesem plötzlichen Verdruß, der den fröhlichen Plan dieses Tages so unversehens vereitelt hatte. Resigniert sagte er nur die einfachen Worte: »Nun gut, Barbe, Sie können sogleich gehen.«

Die alte Magd blickte ihn starr an, und plötzlich ergriff die gute alte Seele ein tiefes Mitleid. Sie ahnte, daß ihr Herr litt. In ihrer Stimme lag jener herzbewegende Ton, den die Natur uns bisweilen verleiht, um eine wiegende einschläfernde Wirkung zu erzielen, und sie murmelte kopfschüttelnd: »O Jesus! Mein armer gnädiger Herr!... Und das für ein solches Weib, ein schlechtes Weib... das Sie betrügt...«

Einen Augenblick hindurch vergaß sie so den Abstand, war sie, durch das göttliche Mitleid geadelt, wie eine Mutter, und dieser Ausruf kam aus ihrer Seele hervorgesprudelt wie ein reinigender, heilkräftiger Quell...

Aber Hugo hieß sie schweigen; er konnte nicht mehr. Wie sie ihn demütigte, diese Einmischung, diese Keckheit, von Jane zu reden, noch dazu in solchen Ausdrücken! Er gab ihr seinerseits ihre Entlassung und zwar ohne Aufschub. Morgen könnte sie wiederkommen und ihre Sachen abholen. Aber heute sollte sie gehen, sollte sie sofort gehen! Der Zorn ihres Herrn befreite Barbe von den letzten Bedenken, die sie hätte haben können, ihn so plötzlich zu verlassen. Sie zog ihren schönen schwarzen Kapuzenmantel an, in dem selbstzufriedenen Gefühl, daß sie sich der Pflicht und Christo, der in ihr war, geopfert hätte... Dann verließ sie ruhig und ohne Zagen das Haus, in dem sie fünf Jahre gelebt hatte; doch ehe sie sich aufmachte, schüttete sie den Inhalt der Körbe noch in ihre Schürze und streute ihn auf die Straße, damit vor diesem einen Hause die Blumen nicht fehlten, wenn die Prozession vorbeikam.

# Fünfzehntes Kapitel.

Der Tag hatte schlimm begonnen! Es ist, als wären freudige Pläne eine Herausforderung. Zu lange bedacht, lassen sie dem Schicksal Zeit, die Eier im Neste zu vertauschen, und wir müssen dann Kummer und Sorge ausbrüten.

Als Hugo die Tür hinter Barbe zuschlagen hörte, hatte er eine peinliche Empfindung, einen erneuten Verdruß. Nun sollte es noch einsamer um ihn werden! Die alte Dienstmagd war ihm so gewohnt, daß ihm nach ihrem Fortgang etwas am Leben fehlen würde. Und das alles wegen Jane, wegen dieses wankelmütigen, grausamen Weibes. O! Was hatte er nicht schon durch sie gelitten!

Es wäre ihm jetzt am liebsten gewesen, wenn sie nicht gekommen wäre. Er fühlte sich niedergeschlagen, unruhig und entnervt. Er dachte an die Tote... Wie hatte er nur der Lüge dieser Ähnlichkeit frönen können, die so bald zerronnen war! Und sie, die jenseits des Grabes lebte: hätte sie wohl je gedacht, daß eine andere an ihrer Statt in das Haus einziehen würde, in dem alles noch von ihr sprach, daß sie auf den Lehnstühlen sitzen würde, auf denen sie geruht, daß ihr Bild in der Flut der Spiegel, die die Gesichter unserer Toten bewahrt, durch ein anderes verdeckt würde?

Es klingelte. Hugo mußte selbst öffnen. Es war Jane. Sie hatte sich verspätet und war ganz rot vom schnellen Gehen. Sie trat hastig und gebieterisch ein und überflog mit einem Blick den großen Korridor und die Zimmer mit den offenen Türen. Man vernahm bereits ferne Musikklänge, die allmählich näher kamen. Die Prozession war nicht mehr fern.

Hugo hatte die Wachskerzen auf dem Fensterbrett und den kleinen Tischen, die Barbe noch aufgestellt hatte, selbst angezündet. Dann ging er mit Jane nach dem ersten Stock hinauf und in sein Zimmer. Die Fenster waren geschlossen. Jane ging an das eine und machte es auf.

»Nicht doch!« wehrte Hugo ab.

»Warum nicht?«

Er gab ihr zu bedenken, daß sie sich nicht so öffentlich bei ihm zeigen und gewissermaßen als Plakat aushängen könnte. Namentlich wo jetzt die Prozession vorbeikam. In der Provinz ist man prüde. Es würde einen öffentlichen Skandal geben.

Jane war vor den Spiegel getreten, hatte ihren Hut abgenommen und ihr Gesicht etwas gepudert. Sie trug stets ein kleines elfenbeinernes Puderbüchschen bei sich.

Dann trat sie wieder ans Fenster mit ihrem unbedeckten, hellen Haar, dessen Kupferfarbe aller Augen auf sich zog.

Die Menge drängte sich bereits durch die Straße und äugte neugierig herauf; dieses Weib war nicht wie die anderen; ihre Kleidung und Haarfrisur waren zu auffällig.

Hugo wurde ungeduldig. Man sah auch hinter den Vorhängen genug. Er schlug in einer Anwandlung von Energie das Fenster zu.

Jetzt spielte Jane die Gekränkte. Sie wollte nichts mehr sehen und hören, warf sich in ein Sofa und blickte streng und verschlossen drein.

Der Gesang der Prozession wurde immer lauter. An dem schwellenden Flor der Klänge erriet man, daß sie ganz nahe war. Hugo hatte sich in tiefem Schmerze von Jane abgewandt; er preßte seine brennende Stirn gegen die Scheiben, als wollte er seinen Schmerz an ihrer Frische kühlen.

Die ersten Chorknaben wurden sichtbar, kleine Sänger mit kahlem Kopf, die Psalmen anstimmten und Lichter trugen.

Hugo sah den ganzen Zug deutlich durch die Fensterscheiben; die Gestalten hoben sich von ihnen ab wie gemalte Gewänder auf Heiligenbildern hinter einem Spitzenvorhang.

Geistliche Brüderschaften zogen vorbei, Postamente mit Statuen, heilige Herzen oder Kirchenbanner vor sich hertragend, deren Goldstoff hart geworden war wie Glas. Dann folgten weißgekleidete Gruppen, ein blühender Baumgarten von weißen Gewändern, ein Inselmeer von Musselinkleidern, zwischen denen der Weihrauch in kleinen blauen Wellen wogte, ein Konzil von halberblühten Jungfrauen um ein Osterlamm, das so weiß war wie sie und wie aus gekräuseltem Schnee gemacht schien.

Hugo drehte sich einen Augenblick nach Jane um, die sich, immer noch schmollend, in das Sofa vergraben hatte und über schlimmen Gedanken zu brüten schien.

Der Klang der Serpente und Ophikleide schallte tief und voll herauf, umkränzt von dem zarten, unterbrochenen Rankenwerk der Sopranstimmen.

Und Hugo sah im Rahmen des Fensters die Ritter des Heiligen Landes vorbeiziehen, die Kreuzfahrer in Rüstung und Brokatgewändern, die Prinzessinnen aus der Brügger Geschichte und all die Männer und Frauen, deren Namen mit Dietrich von Elsaß verknüpft ist, ihm, der den Tropfen des heiligen Bluts aus Jerusalem heimgebracht hatte. Es waren junge Männer und Jungfrauen aus der höchsten flandrischen Aristokratie, die da in den alten Rollen, den alten Stoffen, seltenen Spitzen und jahrhundertealten Familienkleinodien vorbeischritten. Es war, als ob die Heiligen, die Krieger und Stifter von den Bildern Van Eycks und Memlings, die drunten in den Museen erhalten sind, durch ein plötzliches Wunder zum Leben erwacht und zu Fleisch und Blut geworden wären.

Hugo sah kaum hin. Janes Laune hatte ihm alle Freude verdorben. Er fühlte sich von einer unendlichen Traurigkeit ergriffen, besonders durch diese Gesänge, die ihm wahrhaft weh taten. Er suchte Jane zu beschwichtigen. Aber beim ersten Wort, das er sagte, brach ihre böse Laune hervor.

Sie warf ihm einen durchbohrenden Blick zu, der wie mit Nadeln gespickt war, und es war, als hätte sie die Hände voller Dinge, um ihn noch mehr zu verwunden.

Hugo versank wieder in sich selbst. Er schwieg blutenden Herzens still und warf seine Seele sozusagen in die hohle See dieser durch die Straßen brandenden Gesänge, damit sie sie weit von ihm forttrügen. Jetzt kam die Geistlichkeit vorbei, Mönche von allen Orden, Dominikaner, Redemptoristen, Franziskaner, Karmeliter; hinter ihnen die Seminaristen in gefältelten Chorhemden, die alten Chorbücher entziffernd; endlich die Priester jeder Gemeinde mit ihrer roten Umgebung von Chorknaben: Vikare, Pfarrer und Chorherren in großem Ornat, mit reichgestickten Meßgewändern, die wie Edelsteingärten strahlten.

Dann ward das Klappern der Weihrauchfässer vernehmbar. Blauer Rauch quoll aus den Schnecken der vordersten auf, und alle Meßglöckchen klangen zu einem tönenden Hagel zusammen, der die Luft wie mit Kupfer erfüllte.

Der Bischof erschien, auf dem Haupte die Mitra, unter einem Baldachin schreitend. Er trug den Reliquienschrein, einen kleinen goldenen Dom mit edelsteinstarrender Kuppel, in der unter tausend Kameen, Diamanten, Smaragden, Amethysten, Glasflüssen, Topasen und edlen Perlen der einzige Rubin des heiligen Blutes schlummerte.

Hugo war hingerissen durch den mystischen Eindruck, die Begeisterung auf allen Gesichtern, den Glauben dieser ungeheuren Menge, die auf der Straße unter seinen Fenstern flutete und sich voller Inbrunst durch die ganze Stadt ergoß. Und als er nun sah, wie alles Volk beim Nahen des Heiligenschreins aufs Knie fiel und sich unter dem Stoßwind des brausenden Chorliedes beugte, da neigte auch er sich nieder.

Er hatte die Wirklichkeit, Janes Anwesenheit und die neue Szene mit ihr, die noch eben einen Berg von Eisschollen zwischen sie geworfen hatte, vergessen. Sie hingegen lachte höhnisch auf, als sie ihn so ergriffen sah. Er tat, als hörte er es nicht, und unterdrückte eine Regung von Haß, die plötzlich gegen dieses Weib in ihm aufzuckte.

Sie setzte unnahbar und eisig den Hut wieder auf, als wollte sie fortgehen. Hugo wagte das strenge Schweigen, das seit dem Abzuge der Prozession im Zimmer herrschte, nicht zu brechen.

Die Straße hatte sich rasch geleert und lag nun wieder stumm da, jene unendliche Traurigkeit atmend, wie sie jeder entschwundenen Freude folgt.

Sie ging die Treppe hinunter, ohne ein Wort zu sagen. Als sie im Erdgeschoß angelangt war, blieb sie plötzlich stehen, als hätte sie sich eines Besseren besonnen oder wäre neugierig auf etwas geworden, und blickte von der Schwelle aus in die Wohnzimmer, deren Türen noch immer offen standen. Sie machte einige Schritte vorwärts und betrat die beiden großen, miteinander verbundenen Räume, als ob sie sich durch ihr strenges Aussehen verletzt fühlte.

Auch die Zimmer haben eine Physiognomie, ein Gesicht. Zwischen uns und ihnen entstehen augenblicklich Freundschaften oder Abneigungen. Jane fühlte sich unfreundlich aufgenommen, wie etwas Ungewöhnliches, Fremdes. Die Spiegel verstimmten sie; die alten Möbel machten ihr einen feindseligen Eindruck. Ihre Gegenwart schien sie zu bedrohen, sie in ihrer unverrückten Stellung zu gefährden.

Indiskret, wie sie war, warf sie prüfende Blicke umher. Hier und dort an der Wand, auf den Etageren, erblickte sie Frauenbilder; es waren die Photographien der Toten und ihr Pastell.

»Oho, du hast Bilder von Frauen hier?« sagte sie mit einem verhaltenen, bösen Lachen. Sie ging auf den Kamin los.

»Halt!« sagte sie. »Die da sieht mir ähnlich.«

Damit ergriff sie eines der Bilder.

Hugo verfolgte sie mit den Augen. Es war ihm ein peinliches Gefühl, sie da so herumlaufen zu sehen, und das Herz blutete ihm bei ihrer unbewußt grausamen Bemerkung, diesem furchtbaren Hohn, der die Heiligkeit seiner Toten antastete.

»Laß das liegen!« rief er gebieterisch.

Jane lachte laut auf, sie wußte nicht, was das alles zu bedeuten hatte.

Hugo ging auf sie zu und riß ihr das Bild aus der Hand. Es verletzte ihn, diese unheiligen Finger auf einem seiner Andenken zu sehen. Er selbst faßte sie nur zitternd an, wie Kultgegenstände, wie ein Priester die Monstranz und den Kelch. Sein Schmerz war seine Religion. Und in diesem Augenblick erleuchteten die Lichter auf den Fensterbrettern, die für die Prozession angezündet und noch nicht ausgelöscht waren, diese Zimmer vollends wie eine Kapelle.

Jane wurde ironisch. Sie belustigte sich in ihrer Dirnenseele über Hugos Entrüstung und empfand das geheime Verlangen, ihm noch mehr wehe zu tun. Sie ging in das Nebenzimmer, faßte alles an, warf die Nippsachen durcheinander und verknüllte die Stoffe. Plötzlich blieb sie mit schallendem Gelächter stehen.

Sie hatte auf dem Klavier den kostbaren Glaskasten gesehen und hob, um ihrer Niedertracht die Krone aufzusetzen, den Deckel empor, zog die lange Haarflechte voller Staunen und Gelächter heraus, rollte sie auseinander und schlug damit in die Luft.

Hugo war leichenblaß geworden. Das war eine Entweihung. Er hatte das Gefühl einer Tempelschändung. Seit Jahren wagte er nicht mehr an diesen toten, von einer Toten stammenden Gegenstand zu rühren. Und dieser ganze Kult mit der Reliquie, deren Schrein er alltäglich mit so vielen Tränen betaut hatte, sollte damit endigen, daß sie zum Spielzeug eines Frauenzimmers erniedrigt wurde? Es war schon zu lange, daß sie ihm Schmerzen genug und übergenug bereitete. Sein ganzer Groll, die Flut der heruntergetrunkenen Leiden, die monatelang durch das Sieb jeder Sekunde geflossen war, sein Argwohn, ihr Verrat, das Lauern unter ihren Fenstern im Regen – das alles stieg mit einem Schlage in ihm auf... Ja, er wollte sie fortjagen!

Aber Jane war, als er auf sie losstürzte, hinter den Tisch zurückgewichen, als ob sie mit ihm Haschen spielte. Sie hielt ihm den Zopf, wie um ihn zu necken, aus der Entfernung vor, dann wieder führte sie ihn an ihr Gesicht und an ihren Mund, wie eine bezauberte Schlange, und wickelte ihn um ihren Hals, wie die Boa eines goldenen Vogels.

»Gib her, gib her!« schrie Hugo.

Aber Jane lief rechts und links um den Tisch herum wie ein Wirbelwind.

Bei diesem stürmischen Haschen, diesem Gespött und Gelächter riß Hugo schließlich die Geduld. Er bekam sie zu fassen. Sie hatte immer noch das Haar um den Hals geschlungen und wehrte sich, wollte es nicht hergeben und schimpfte jetzt wütend, denn die Umklammerung seiner Finger tat ihr weh.

»Willst du wohl?«

»Nein,« sagte sie, halb erstickt, mit nervösem Lachen.

Da wurde Hugo rasend. Wie eine Flamme sang es in seinen Ohren, und das Blut brannte in seinen Augen. Ein Schwindel lief ihm durch den Kopf, eine plötzliche Tollwut, und seine Finger krallten sich zusammen; er mußte etwas fassen und würgen, mußte Blumen zerdrücken; er fühlte die Wollust eines Schraubstockes in seinen Händen.

Er hatte die Haarflechte gepackt, die Jane noch immer um ihren Hals geschlungen hielt, und wollte sie ihr entreißen. Er war wütend, verstört; er zog und schnürte ihr den Hals mit der Flechte zu, die straff gespannt wie ein Seil war.

Jane hatte aufgehört zu lachen. Sie stieß noch einen leisen Schrei aus, einen Seufzer, wie wenn eine Wasserblase auf dem Spiegel eines Teiches zerplatzt. Dann sank sie erwürgt um.

Sie war tot – weil sie das Mysterium nicht erraten hatte, weil sie nicht wußte, daß es hier etwas gab, das unter Strafe der Heiligtumsschändung unantastbar war. Sie hatte die unreine Hand an das rächende Haar gelegt, dem alle, deren Seele rein und mit dem Mysterium vertraut ist, von vornherein ansehen, daß es im Augenblick der Entweihung selbst zum Werkzeuge des Todes werden muß.

So war denn wirklich das ganze Haus zugrunde gegangen: Barbe war fort, Jane lag tot da, und die Tote war mehr als tot...

Die beiden Frauen waren wieder zu einer verschmolzen. So ähnlich sie im Leben gewesen waren, im Tode waren sie sich doppelt ähnlich. Der Tod hatte die nämliche Blässe auf beide gelegt; sie waren fortan nicht mehr zu unterscheiden; sie waren das zweieinige Gesicht seiner Liebe. Janes Leiche war das Gespenst der Toten von damals und für ihn allein sichtbar.

Hugos Seele war ganz zurückgewandt; er entsann sich nur noch sehr ferner Dinge. Er fühlte sich in die erste Zeit seines Witwerstandes zurückversetzt.

Er ließ sich seelenruhig auf ein Fauteuil nieder.

Die Fenster standen noch immer offen.

Und durch das Schweigen drang der Glockenklang. Alle Glocken hatten auf einmal wieder eingesetzt, zum Zeichen, daß die Prozession in die Kapelle des heiligen Blutes zurückgekehrt war. Es war zu Ende mit dem schönen Zuge. Alles, was gewesen, war verklungen – ein Schein von Leben, eine Auferstehung für kurze Morgenstunden. Die Stadt war wieder verödet.

Und Hugo sprach immerfort vor sich hin: »Tot, tot... Tote Stadt...«
Er sagte es mechanisch, mit markloser Stimme, und versuchte seine
Worte mit dem Schlage der letzten Glocken in Einklang zu setzen,
die matt und langsam nachhinkten, wie alte, erschöpfte Weiblein,
und ihre Erzblumen müde über die Stadt – oder über ein Grab –
aussäten.

Ende.

## Über tredition

### Eigenes Buch veröffentlichen

tredition wurde 2006 in Hamburg gegründet und hat seither mehrere tausend Buchtitel veröffentlicht. Autoren veröffentlichen in wenigen leichten Schritten gedruckte Bücher, e-Books und audioBooks. tredition hat das Ziel, die beste und fairste Veröffentlichungsmöglichkeit für Autoren zu bieten.

tredition wurde mit der Erkenntnis gegründet, dass nur etwa jedes 200. bei Verlagen eingereichte Manuskript veröffentlicht wird. Dabei hat jedes Buch seinen Markt, also seine Leser. tredition sorgt dafür, dass für jedes Buch die Leserschaft auch erreicht wird.

Im einzigartigen Literatur-Netzwerk von tredition bieten zahlreiche Literatur-Partner (das sind Lektoren, Übersetzer, Hörbuchsprecher und Illustratoren) ihre Dienstleistung an, um Manuskripte zu verbessern oder die Vielfalt zu erhöhen. Autoren vereinbaren direkt mit den Literatur-Partnern die Konditionen ihrer Zusammenarbeit und partizipieren gemeinsam am Erfolg des Buches.

Das gesamte Verlagsprogramm von tredition ist bei allen stationären Buchhandlungen und Online-Buchhändlern wie z. B. Amazon erhältlich. e-Books stehen bei den führenden Online-Portalen (z. B. iBookstore von Apple oder Kindle von Amazon) zum Verkauf.

Einfach leicht ein Buch veröffentlichen: **www.tredition.de**

## Eigene Buchreihe oder eigenen Verlag gründen

Seit 2009 bietet tredition sein Verlagskonzept auch als sogenanntes "White-Label" an. Das bedeutet, dass andere Unternehmen, Institutionen und Personen risikofrei und unkompliziert selbst zum Herausgeber von Büchern und Buchreihen unter eigener Marke werden können. tredition übernimmt dabei das komplette Herstellungs- und Distributionsrisiko.

Zahlreiche Zeitschriften-, Zeitungs- und Buchverlage, Universitäten, Forschungseinrichtungen u.v.m. nutzen diese Dienstleistung von tredition, um unter eigener Marke ohne Risiko Bücher zu verlegen.

Alle Informationen im Internet: **www.tredition.de/fuer-verlage**

tredition wurde mit mehreren Innovationspreisen ausgezeichnet, u. a. mit dem Webfuture Award und dem Innovationspreis der Buch Digitale.

tredition ist Mitglied im Börsenverein des Deutschen Buchhandels.

## Dieses Werk elektronisch lesen

Dieses Werk ist Teil der Gutenberg-DE Edition DVD. Diese enthält das komplette Archiv des Projekt Gutenberg-DE. Die DVD ist im Internet erhältlich auf **http://gutenbergshop.abc.de**

Zeitfracht Medien GmbH
Ferdinand-Jühlke-Straße 7
99095 Erfurt, Deutschland
produktsicherheit@kolibri360.de